횡단하는 마이너리티, 경계의 재일코리안

아시아학술연구총서 9

횡단하는 마이너리티, 경계의 재일코리안

김계자

역락

　본서는 식민과 분단을 살아내고 있는 재일코리안 문학 속에서 경계를 살아가는 재일코리안의 횡단과 공간 확장을 보여주는 문학을 중심으로, 한반도와 일본을 새롭게 정위(正位)할 수 있는 가능성을 보여준 문학을 고찰한 것이다.

　제국이 해체되고 냉전과 탈냉전의 시대를 지나고 있는 현재, 재일코리안 문학은 역사성과 동시에 새로운 관점을 필요로 하고 있다. 즉, 질곡의 근현대사에서 여전히 남은 문제로만 파악할 것이 아니라, 오히려 한일 간의 식민지 유제와 남북 분단의 문제를 새롭게 볼 수 있는 위치로 자리매김할 필요가 있다. 현재 재일코리안은 5세대 이후까지 이어지면서 일제강점기에 일본으로 건너가 처음에 '조선적'으로 살다가 이후 남북 분단의 갈등 속에서 '한국적'으로 바꾸어 살고 있는 재일(在日)의 의미를 현재를 살아가는 젊은 세대의 감각으로 그리고 있는 문학이 나오고 있을 정도이다. 요컨대, 일제강점기 이후 현재에 이르기까지의 통시적 관점을 견지하되 현재적 시각에서 한반도와 일본을 포괄할 수 있는 시각이 요청되고 있는 것이다.

　이에 본서는 재일코리안 문학이 해방 이후에 일본에 정착하는 과정에서 획득한 표현과 비평성을 살펴보고, 한반도와 일본의 관계를 현재적 관점에서 상대화하고 서사화하는 쟁점을 드러내었다. 해방 이후의 한반도의 혼란한 남북 갈등은 그대로 재일코리안 사회로 이어졌고, 전후 고도경제성장을 구가하는 균질화된 일본사회에 재일코리안은 이질적인 존재로 위치 지워졌다. 재일코리안 사회는 남북한과 한일 관계사의 핵으로 남아 있는 것이다. 따라서 재일코리안 문학은 조국의 해방과 일본의 패전을 가로지르며 한국과 일본 어느 한쪽에 안이하게 포섭되는 것을 거부하고 양자를 비평적 시각에서 상대화하는 관점을 획득해온 과정을 보여주고 있다. 본서는 다가올 통일시대에 대비하고 새로운 한일 관계를 모색하는 데 경계 횡단의 확장적인 시각을 보여준 재일코리안 문학의 가능성을 담고 있다. 미진한 점과 부족한 내용은 금후의 과제로 삼고자 한다.

본서가 나올 수 있도록 지원해주신 가천대 아시아문화연구소 박진수 소장님께 감사를 드린다. 또 출판을 도와주신 역락출판사 이대현 대표님께도 이 자리를 빌려 감사를 드린다.

2017년 8월
김계자

| 차 례 |

제2부 재일코리안 서사의 원점과 확장

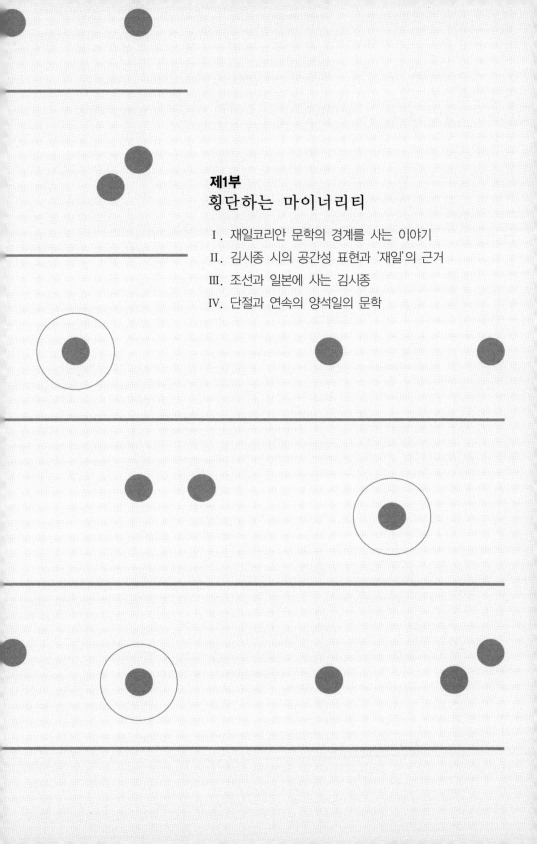

제1부
횡단하는 마이너리티

Ⅰ. 재일코리안 문학의 경계를 사는 이야기

1. '재일코리안' 문학

재일코리안 문학을 이야기할 때 제일 먼저 해야 할 일이 개념 규정이다. '재일한국인'으로 할 것인지, '재일조선인'으로 할 것인지, 그것도 아니면 'Korean-Japanese'라는 의미를 번역한 '재일코리안'으로 할 것인지 생각해야 한다. 요즘은 '재일 디아스포라'라는 용어도 많이 쓰인다. 재일 관련 논문이나 책을 보면 이러한 용어들을 각자의 취지에 맞게 정의해 주석을 덧붙이고 나서 이야기를 시작하는 것을 자주 볼 수 있다. 그만큼 이들 '재일'을 살아가는 사람들에 대한 이야기가 간단하지 않다는 사실을 보여준다. 왜냐하면 이들의 삶은 일제의 식민지배에서 남북한의 민족분단으로 이어지는 과정에서 한반도와 일본 열도, 한국과 북한 사이에 근현대사가 복잡하게 얽혀 있어 간단히 정의내릴 수 없기 때문이다.

재일 2세로 교토(京都) 시에서 태어난 서경식은 자신을 '재일조선인'이라고 소개하며 다음과 같이 이야기하고 있다.

현재의 일본 사회에서는 '재일한국인'이라는 호칭과 '재일조선인'이라는 호칭이 애매하게 뒤섞여 존재하는데, 후자를 일본에 거주하는 '조선민주주의인민공화국 출신자' 혹은 '북한 국민'으로 오해하는 사람들이 적지 않다. 동시에 '재일한국·조선인'이라든가 '한국어'라는 말도 자주 쓰이는데 이들 용어는 모두 재일조선인이 형성된 역사에 대한 무지의 소산이라고 할 수 있다. 또한 '조선'과 '한국'은, 전자는 '민족'을 후자는 '국가'를 나타내는 용어이며 관념의 수위가 다르다.

> 혼란은 이와 같은 개념상의 구별이 애매한 상황에서 발생하는 것인
> 데, 그 배경에는 '민족'과 '국민'을 동일시하는 것에 의구심을 갖지 않
> 는 단일민족국가 환상이 뿌리 깊게 가로놓여 있다.1)

서경식이 정리한 대로 '조선'은 민족명이고 '한국'은 국가명이기 때문
에 '재일조선인'과 '재일한국인'은 위상이 다른 호칭이다. 김석범도 남과
북으로 나뉜 현재와 같은 분단된 조국을 부정하고 하나의 민족으로 그
대로 남아있고자 하는 의미에서 '재일조선인'을 고집한다. 서경식과 김
석범이 '재일조선인'이라는 호칭을 고집하는 문맥은 서로 조금 다르지
만, '재일한국인'과 같이 '재일'을 남북한의 어느 한쪽에 귀속시키는 것
을 부정하고 있는 의미에서는 공통된다. 그런데 '조선인'이라는 명칭은
민족명이기도 하지만 동시에 식민지배 이래 일본에서 차별과 편견의 멸
칭으로 사용되어 온 문맥이 있는 것 또한 사실이기 때문에 이를 지양하
고자 한다. 아울러 일본으로 귀화한 사람들까지 재일을 살아가는 사람
들이 처해 있는 다양한 상황을 포괄하기 위해 본서에서는 국제적으로
통용되는 '재일코리안' 개념을 사용하기로 한다. 단, 동시대적 문맥에서
특정 용어를 사용하는 때나 인용문의 경우는 그대로 둔다.

재일코리안 문학은 세대를 거듭하면서 개별적인 다양한 양태로 나타
나고 있다. 기존의 재일코리안 문학이 중시해온 정치, 이념, 민족 중심
의 이념적인 경향이 현대에 들어와 현실의 실존적 문제가 중시되면서
'재일성'이 해체되었다고 보는 김환기의 견해나2), 1990년대 이후 '재일
조선인문학'이라는 호칭으로 묶을 수 없는 다양한 양상이 나타나고 있

---

1) 서경식 지음, 김혜신 옮김, 『디아스포라 기행-추방당한 자의 시선』, 돌베개, 2006,
   p.16.
2) 김환기, 「재일 디아스포라 문학의 형성과 분화」, 『일본학보』 74집, 2008.2, p.168.

는 것을 들어 '조선인'을 빼고 '〈재일〉문학'이라는 용어로 범주화해야 한다는 이소가이 지로(磯貝治良)의 주장은3) 다양하게 변모하고 있는 재일코리안 문학의 현재의 모습을 잘 지적하고 있다.

그러나 다양한 개별성의 문학 양태로 나타나는 가운데 여전히 집단적이고 역사적인 의미로 소환되는 '재일코리안 문학'이 엄연히 존재하는 것 또한 사실이고 보면, 위의 두 지적은 석연치 않다. 최근에 송혜원은 『'재일조선인 문학사'를 위해-소리 없는 소리의 폴리포니』에서 재일문학사의 시기를 해방 후부터 1970년까지로 한정하고, 조선어와 일본어가 섞인 탈식민지화의 언어 공간에서 재일의 아이덴티티를 찾으려 한 활동을 정리하면서 '재일조선인'이라는 호칭을 다시 불러들였다.4)

즉, 재일 문학이 다양화되고 있기는 하지만 그렇다고 해서 집단적이고 역사적으로 범주화되는 특징 자체가 없어졌다고 볼 수는 없다. 그리고 이러한 집단적인 개념은 현재의 시점에서 언제든 소환될 수 있다. 재일코리안 문학을 '재일성'이나 민족과 같은 틀 속에서 유형화시키는 방법이 과거에는 괜찮았는데 현재는 맞지 않는 그런 문제는 아닐 것이다. 그보다는 오히려 서사 방법이 다양화된 때문이 아닐까 생각된다. 종래에 재일코리안 문학을 일본과 한반도의 틈바구니에 낀 지점에서 보거나 정치적이고 민족적인 이데올로기를 주입해 부(負)의 이미지로 읽어온 동시대적 문맥이 달라지고 있는 것이다. 그렇다면 재일코리안 문학을 어디에 시좌(視座)를 두고 볼 것인가? 이를 명확히 하는 것이 곧 '재일'의 근거를 밝히는 것이 될 것이다.

---

3) 磯貝治良, 『＜在日＞文学の変容と継承』, 新幹社, 2015, pp.7-32.
4) 宋恵媛, 『「在日朝鮮人文学史」のために―声なき声のポリフォニー』, 岩波書店, 2014.

'이산(離散)'을 뜻하는 '디아스포라(Diaspora)'라는 말은 사실 기원으로 회귀하는 것을 의미하는 것이 아니라, '이동'의 의미로 파악하는 것이 적절하다. 제국은 해체되고 식민지는 사라졌지만, 사람과 자본이 이동하고 이에 따른 언어 문제가 여전히 남아 있다. 재일코리안 문학을 경계를 넘는 이동의 관점에서 파악할 필요가 있다. 이에 공간의 이동과 상상이 방법화된 서사물을 통해 확장되는 재일코리안 문학의 의미를 생각해보고자 한다.

2. 재일의 근거

제주도 4·3항쟁을 중심으로 해방 직후의 정국을 서사화한 김석범의 『화산도(火山島)』(전7권, 文藝春秋社, 1997)가 해방 70년의 시점에 한국에서 완역된(전12권, 보고사, 2015.10) 것에 이어, 일본에서도 주문제작 형태로 재출간되어(전3권, 岩波, 2015.10) 화제를 모으고 있다. 같은 숫자만큼의 재일을 살고 있는 한 노작가의 총결산으로서 재일코리안 문학의 의미를 새삼 생각하게 한다.

『화산도』는 제주도를 중심으로 서울, 목포, 일본의 오사카, 교토, 도쿄를 오가며 식민과 해방, 이후 여전히 남은 한일 간의 문제를 그리고 있다. 한국어 번역판의 출간에 부쳐 김석범은 다음과 같이 말했다.

　　나는 『화산도』를 존재 그 자체로서 어딘가의 고장, 디아스포라로
　서 자리 잡으면 좋겠다고 생각한다. 『화산도』를 포함한 김석범 문학
　은 망명문학의 성격을 띠는 것이며, 내가 조국의 '남'이나 '북'의 어느

한쪽 땅에서 살았으면 도저히 쓸 수 없었던 작품들이다. 원한의 땅, 조국상실, 망국의 유랑민, 디아스포라의 존재, 그 삶의 터인 일본이 아니었으면 『화산도』도 탄생하지 못했을 작품이다. 가혹한 역사의 아이러니!5)

'해방'과 '패전'을 가로지르며 어느 한쪽에 동화되기보다는 차이를 만들어가며 공존의 방식을 찾아온 재일코리안의 삶이기에 남북한 어느 쪽에도 가담하지 않고 조국으로부터 상대적 거리 두기가 가능한 '재일'의 존재 규명이 보이는 대목이다. 그리고 '재일'의 위치에서 거리두기를 하고 있기 때문에 해방정국의 정치사회적인 문제를 그릴 수 있었다는 말은 아이러니지만 매우 중요한 지적이다.

『화산도』의 작중인물 이방근이 누이동생 유원을 일본에 밀항시킬 준비를 하면서 "일제의 지배, 그리고 계속되는 미국의 지배. 병든 조국을 버리고 패전한 과거의 종주국 일본으로" 떠나는 사람들을 언급하며 "폐허의 땅"에서 "신생의 숨결, 창조에 대한 희망"을 이야기하는 부분은6) 해방기에 민족적 정체성으로 복귀하는 귀환서사와 다른 이동의 정치학을 보여주고 있다. 김석범은 실제로 1945년 11월에 일본에서 해방된 조국으로 돌아오지만, 1946년 여름에 한 달 예정으로 일본으로 건너갔다가 그대로 재일의 삶을 살았다. 김석범은 '재일'의 위치에 대해 다음과 같이 말했다.

'재일'은 남북에 대해서 창조적인 위치에 있다. 이는 남북을 초월한 입장에서 조선을 봐야한다는 의미이고, 또 의식적으로 그 위치 즉 장

---

5) 김환기·김학동 옮김, 『김석범 대하소설 火山島』 1권, 보고사, 2015, p.5.
6) 위의 책 7권, p.153.

(場)에 적합한 스스로의 창조적인 성격을 형성할 필요가 있다. / 창
조적인 성격이라는 것은 조국분단의 상황 하에서 '재일'이라는 위치
에서 통일을 위해 어떤 형태의 힘, 탄력이 될 수 있는 것을 말한다.
환언하면, 북에서도 남에서도 할 수 없는 것을 할 수 있을 뿐만 아니
라, 남북을 총체적으로 혹은 객관적으로 볼 수 있는 장소에 있기 때
문에 그 독자성이 남북통일을 위해 긍정적으로 작동하지 않으면 안
된다.7)

즉, 김석범은 '재일'을 남북을 초월해 확장된 위치에 놓고 있음을 알
수 있다. '재일'의 위치에 있기 때문에 『화산도』의 집필도 가능했으며,
또 남북통일의 단초도 마련할 수 있다는 것으로, 남과 북을 아우르는
근거를 '재일'이라는 삶 속에서 찾고 있다. 남북분단은 식민지배에서 비
롯되어 한국전쟁으로 이어지는 속에서 고착화되었기 때문에 '재일'이라
는 한일 근현대사가 얽힌 삶 자체와 궤를 같이 한다. 따라서 분단을 푸
는 문제도 남과 북을 확장된 시각에서 볼 수 있는 '재일'이라는 관점에
서 가능하다고 말하고 있는 것이다.

해방 이후에 한반도에서 일본으로 이동한 '재일'의 의미는 김시종 시
인의 시 창작을 통해서도 살펴볼 수 있다. 해방 이후 제주 4·3항쟁에
가담했다가 탄압을 피해 1949년 5월에 일본으로 밀항해 오사카의 조선
인 거주지 이카이노(猪飼野)에 정착한 망명자 김시종의 시세계는 조국이
나 민족과 같은 추상적인 개념과 단절된 지점에서 시작된다. 그는 해방
후의 망명자기에 스스로를 '순수한 在日'이 아니라고 하면서, 그러나 "재
일이라는 것은 일본에서 태어나고 자란 것만이 재일이 아니라 과거 일
본과의 관계에서 일본으로 어쩔 수 없이 되돌아온 사람도 그 바탕을 이

7) 金石範, 「「在日」とはなにか」, 『季刊三千里』 18호, 1979.夏, p.35.

루고 있는 '在日'의 因子입니다"8)고 말하고, 망명자가 갖는 노스탤지어를 끊어내고 재일의 실존적 의미를 찾으려 했다.

　김시종은 『장편시집 니이가타』(1970)가 한국에서 번역 간행되었을 때, 「시인의 말」에서 다음과 같이 적고 있다.

　　남북조선을 찢어놓는 분단선인 38도선을 동쪽으로 연장하면 일본 니이가타시(新潟市)의 북측을 통과한다. 본국에서 넘을 수 없었던 38도선을 일본에서 넘는다고 하는 발상이 무엇보다 우선 있었다. (중략) 이른바 『장편시집 니이가타』는 내가 살아남아 생활하고 있는 일본에서 또다시 일본어에 맞붙어서 살아야만 하는 "재일을 살아가는(在日を生きる)" 것이 갖는 의미를 자신에게 계속해서 물었던 시집이다.9)

　위의 말에 김시종이 '재일'하는 근거가 잘 나타나 있다. 즉, 일본에서 한반도의 남북이 하나의 사정권으로 부감되고, 나아가 분단의 경계를 넘는다는 발상을 하고 있는데, 이는 '재일'하고 있기 때문에 가능한 상상의 공간 확장이라고 할 수 있다. 김시종의 경계 넘기는 확장된 공간에 대한 상상에 의해 이루어지고 있는 것이다. 김시종은 '재일을 산다'고 종종 표현하는데, 일본에 거주한다는 의미에 머무르지 않고, '산다'는 말을 덧붙임으로써 재일하는 삶에 대해 적극적으로 의미를 부여하고 있음을 짐작할 수 있다.

　이와 같이 김석범과 김시종이 보여준 '재일'의 의미는 분단된 조국의

---

8) 김석범·김시종 저, 이경원·오정은 역, 『왜 계속 써왔는가 왜 침묵해 왔는가』, 제주대학교 출판부, 2007, pp.162-163.
9) 곽형덕 역, 『김시종 장편시집 니이가타』, 글누림, 2014, 쪽수 표기 없음.

남북을 뛰어넘는 확장된 공간이다. 이는 한반도와 일본 사이에 끼인 틈바구니가 아니라, 한반도와 일본을 포괄적으로 아우르는 '재일'하는 삶이기에 가능한 발상의 전환이며 상상된 공간이라고 할 수 있다. '재일'의 삶을 살아가는 두 노 작가의 공간 상상력이 경계를 살아가는 재일코리안 이야기를 새롭게 인식하도록 해주고 있다.

3. 재일코리안 문학의 탄생

일본 사회에 재일코리안 문학이 널리 알려지게 된 것은 1960년대 후반부터로, 당시의 문맥에서는 '재일조선인 문학'으로 칭해졌다. 1955년에 결성된 재일본조선인총연합회(총련)의 문예정책으로 조선어 창작물이 많이 나왔는데, 1960년대 후반에 이르면 총련의 권위적이고 획일적인 의식의 동일화 요구에 맞서, 김석범, 김태생, 고사명, 오임준, 김시종 등과 같이 일본문단에 일본어로 글을 발표하는 사람들이 많아지면서 재일코리안 문학이 널리 알려진다. 그리고 1972년 1월에 이회성의 『다듬이질하는 여인』이 외국인으로서는 처음으로 아쿠타가와상(芥川賞) 수상작(1971년도 하반기)으로 결정되면서 재일코리안 문학 논의는 더욱 활발해졌다. 윤건차는 1970년대에 들어와서 재일조선인 문필가가 다양한 분야에서 활약해 일본사회에서 재일조선인 문학이 명확한 형태로 의식되게 되었다고 말했다.10)

이회성은 가라후토(樺太, 현 사할린)의 마오카초(眞岡町)에서 재일코리안

---

10) 윤건차, 『자이니치의 정신사』, 한겨레출판, 2016, p.596.

2세로 태어났다. 일본이 패전한 후 1947년에 소련이 사할린을 점령하면서 이회성의 가족은 일본인으로 가장해 홋카이도로 들어가지만 미점령군의 강제송환처분을 받아 규슈의 하리오(針尾) 수용소에 수감되어 있던 중에 GHQ 사세보(佐世保) 사령부와 절충이 되어 홋카이도의 삿포로(札幌)에 정착해 재일의 삶을 살았다. 문단에 데뷔해 몇 편의 단편작을 발표한 후에 『다듬이질하는 여인(砧をうつ女)』(『季刊藝術』, 1971.6)을 발표했는데, 이회성의 초기작은 자신의 유년시절과 청년시절을 회고하는 자전적 성격이 강해 아버지의 난폭함과 어두운 '집'의 문제, 재일코리안의 정체성 문제 등을 다루고 있다. 아쿠타가와상을 수상한 이후는 한국을 방문하면서 남한 정권에 대해 비판하는 등 이후의 작품 경향은 달라진다.

　『다듬이질하는 여인』은 성인이 된 '나'가 어린 시절 어머니 장술이에 대한 기억을 떠올리며 이야기하는 형식으로, 패전을 10개월 앞둔 시점에서 어머니와 사별하는 9살 된 '나'의 기억으로 시작해 유년 시절로 거슬러 올라간다. 문어 춤으로 사람을 웃기고, 야뇨증으로 소금을 얻으러 다니던 기억 속에 있던 어머니의 모습과 화를 잘 내던 아버지의 기억, '동굴'이라고 칭한 조부모 집에서 할머니의 신세타령으로 들은 어머니의 젊은 시절의 모습과 조선에서 일본으로 건너가 결혼하고 홋카이도에서 가라후토에 이르는 일가족의 유맹(流氓)의 세월을 이야기한다. 그리고 1939년에 조선의 친정에 기모노를 입고 파라솔을 쓰고 돌아온 어머니를 따라왔을 때의 기억을 '나'는 떠올리고, 33살에 죽은 어머니의 나이에 도달한 현재의 자신을 되돌아본다. 그리고 다시 어릴 적 회상으로 돌아가 어머니와 아버지가 싸우던 모습, 어머니의 다듬이질하던 소리, 그리고 어머니의 죽음에 대한 아버지의 자책을 회상하는 '나'의 술회로 소설은 끝난다.

즉, 이 소설은 장대한 이동의 이야기이다. 소설 속에서 '나'의 아버지가 조선에서 일본의 시모노세키로, 그리고 혼슈를 거쳐 홋카이도, 가라후토로 이동해 살아온 삶은 작자인 이회성의 삶이기도 하다. 작중에서 유일하게 이름이 주어진 '장술이'는 이회성의 어머니의 실제 이름으로, 소설의 인물 설정이나 이동의 경로가 이회성의 개인의 체험에 바탕을 두고 있기 때문에, 『다듬이질하는 여인』을 '사소설(私小說)'의 일종으로 읽을 우려가 있다. 그런데 이 소설은 작자 이회성 개인의 체험을 쓴 사소설이라기보다, 재일코리안의 유맹의 삶을 표상하는 재일코리안 문학의 대표성을 띤다. 왜 그러한가?

장술이에 대한 이야기는 자식인 '나', '나'의 할머니, 그리고 '나'의 아버지의 세 축으로 진행된다. 할머니의 내레이션에 의해 회상되는 딸 술이의 모습은 1920년대 식민지 조선을 배경으로 매우 활동적인 처녀적 시절의 이야기가 많다. 이에 비해, 아버지가 회상하는 아내 술이에 대한 이야기는 1930년대 이후에 일본으로 건너가 각지를 전전하다 당시 일본 점령지의 최북단인 가라후토까지 이동하면서 겪는 이야기를 보여준다. 그리고 '나'는 자신이 어릴 적 어머니 술이의 모습을 플래시백해 회상하거나, 할머니와 아버지의 회상을 종합하면서 전후 일본으로 시점을 이동시킨다. 즉, 소설의 시공간이 1920년대의 조선, 1930~40년대의 일본, 그리고 전후의 일본으로 이어지는 그야말로 재일코리안의 삶의 궤적을 그대로 보여주고 있는 것이다.

다시 말해 '나'는 할머니가 신세타령으로 회상해 들려주는 딸 술이에 대한 이야기를 전해 들으며 자신이 모르는 어머니의 젊은 시절을 그리고, 또 아버지가 들려주는 이야기를 통해 일제 말기에 조선인이 처해있던 상황을 떠올리면서, 전후 일본에서 어머니에 대한 기억을 거슬러 올라가 이야기해가는 구조이다. 할머니의 신세타령과 같은 전통적인 내레이션을 자신은 흉내낼 수 없지만 평범한 방법으로 어머니 이야기를 계승해가겠다는 '나'의 내레이션은 재일코리안 문학이 갖는 계승의 의미를 잘 보여주고 있다.

이회성이 『다듬이질하는 여인』으로 아쿠타가와상을 수상해 일본사회에 재일코리안 문학을 새롭게 발견하게 한 사실이 기존의 연구에서 주로 언급되고 작품성이나 방법적 측면에 대한 본격적인 문학 논의는 간과되어 왔다. 이 소설에서 '나'라는 개인의 내레이션이 집단적인 재일코리안 서사로 전환되는 양태를 이 소설의 구조와 내레이션 방식을 통해 살펴보고 그 의미를 생각해보는 것이 중요하다.

재일코리안 문학을 이야기할 때 '사소설' 논의가 언급되는 경우가 종종 있다. 이는 일본사회에서 재일코리안 문학에 대해 내리고 있는 평가와 관련되는 문제이기도 하다. 한국근대사의 정치사회적인 측면에 중점을 두고 『화산도』를 집중 분석한 나카무라 후쿠지(中村福治)의 연구에 작자 김석범은 발문에 다음과 같이 적고 있다.

> 『화산도』를 '일본식 사소설(私小說)'이라고 보는 지적도 있었는데, 이런 얼토당토 않는 경우는 사정을 모르는 무지에서 오는 것이었다. 한마디로 '재일조선인문학'이 일본의 문학 주류이자 전통인 사소설의 영향을 받고 그 품안에서 성장·'공존'해 온 것이라면, 유독 일본의 사소설에 거리를 두고 그 영향권 밖에서 문학세계를 구축해 온 것이 '김석범'의 문학이었다. 대체로 당시(1988년에 제1부 한국어판 『화산도』가 출판되었을 때-인용자주)의 『화산도』 평은 나로 하여금 한국문학계에 『화산도』에 대한 문학적 수용력이 없지 않은가 하는 의문을 가지게 한 것이 사실이다.11)

위의 인용에서 김석범이 하고 있는 말의 요지는 재일코리안 문학이 '일본식 사소설'의 성격을 가지고 있는데『화산도』는 그렇지 않다는 주장이다.『화산도』가 사소설이 아니라는 이야기를 군이 언급해야할 정도로 사소설로 보는 사람이 많다는 것도 이상하지만, 재일코리안 문학이 사소설적 성격을 갖는다고 작자 스스로 전제하고 있는 점이 사실 더 문제적이다. 김석범은 2015년에『화산도』한국어 번역이 나왔을 때 출간사에 부치는 글에서도 위의 내용을 그대로 전재(轉載)하고 있다.12) 그런데 이러한 관점은 한국문학계에 한정된 문제가 아니다. 가와무라 미나토(川村湊)의 글을 보자.

　　김석범 문학을 단순히 둘로 나누면 대표적인 장편소설『화산도』와 같이 제주도를 무대로 한 작품군과 일본사회의 '재일조선인' 세계를 그린 작품군이 있다. 전자는 특히 해방 직후의 제주도 4·3사건을 테마로 다룬 것으로, 초기작『까마귀의 죽음』부터『화산도』에 이르기까지 필생의 테마라고 할 수 있다. 후자는 제주도출신 이주자의 '재일세계'를 그린 것으로, 작가 자신의 사소설적 계열과 '재일군상'이라고 할 수 있는 작품의 계열이 있다. 그러나 어느 쪽도 '고향'이나 '고국'에 안주하는 것은 물론이고, 정주 혹은 거주하는 '사회' 속에서도 귀속성을 가질 수 없는 이른바 "타향살이" 생활을 영위해야 하는 사람들이라는 사실은 공통적으로 있다.13)

---

11) 김석범, 「발문」, 나카무라 후쿠지(中村福治) 지음, 『김석범『화산도』읽기 - 제주 4·3 항쟁과 재일한국인 문학 - 』, 삼인, 2001, p.268.
12) 김환기·김학동 옮김, 『김석범 대하소설 火山島』 1권, 보고사, 2015, p.6.
13) 川村湊, 「金石範の文学世界」『재일디아스포라 문학의 글로컬리즘과 문화정치학-김석범『화산도』-』(동국대학교 문화학술원 일본학연구소 제52회 국제학술심포지엄 프로시딩), p.70.

위의 인용에서 보듯이, 『화산도』 계열의 소설을 사소설로 보지 않는다고 하면서도 결국은 '타향살이'를 살 수밖에 없는 부(負)의 관점에서 뭉뚱그리며 이주자로서 재일코리안의 삶을 그린 문학을 사소설로 보는경향은 가와무라 미나토에게도 보인다. 사실 나카무라 후쿠지의 연구를 비롯해 『화산도』를 별도로 취급하는 시각에는 어디까지나 제주도에서 일어난 한국 근대사의 문제로 한정하며 '일본'을 소거하는 레토릭이 작용하고 있음을 간과해서는 안 된다. 『화산도』에 그려진 것이 해방 이후의 제주도만은 아니지 않은가. 요컨대, 『화산도』 계열과 그 외를 나누고 이를 사소설인지 아닌지 구분 짓는 것에 앞서, 재일코리안 문학을 사소설로 축소해 보는 전제의 오류가 먼저 지적되어야 할 것이다.

일본문단에서 한국인의 문학을 사소설로 언급하는 것은 일제강점기에 김사량의 『빛 속으로』(『文藝首都』, 1939.10)가 아쿠타가와상 후보에 올랐을 때 선자(選者)였던 사토 하루오(佐藤春夫)가 "사소설 속에 민족의 비통한 운명을 마음껏 짜 넣어"[14] 그렸다고 한 평가 이래 계속되고 있는 현상이다. 사소설 논의의 문제는 사소설이라고 규정하는 순간 문학의 형식이나 표현이 침잠해가는 내면에 가린다는 데에 문제의 소지가 있다. 사소설의 잣대를 들이대는 것만이 능사는 아닐 터이다. 재일코리안 문학이 문학 텍스트인 이상, 형식이나 표현에 대한 분석이 기초가 된 위에서 그 의미가 비로소 정위(正位)될 수 있다.

일견 개인의 자전적인 이야기로 보이는 것일지라도 문학의 언어로되는 순간 더 이상 개인의 이야기가 아니다. 왜냐하면 어떤 구성이나 방법을 취하고 있느냐에 따라 표현되는 내용은 얼마든지 달라지기 때문

---

14) 『芥川賞全集』 2권, 『文芸春秋』, 1982, p.397.

이다. 또 내용의 모순을 작자의 의도와 관계없이 형식이 폭로하기도 한
다. 예를 들어, 화자의 내면을 그대로 보여주는 듯한 일기 형식으로 적
은 내용도 연기(演技)하고 가장(假裝)하는 내레이션 기법은 얼마든지 가
능하고, 또 목적성을 띨 경우 오히려 효율적으로 기능하기도 한다. 특
히 그 이야기가 소수자의 문학일 경우는 지배적인 담론에 이의를 제기
하고 새롭게 확장될 수 공간성을 만들어내기 때문에 여러 층위에서 보
려는 시각이 필요하다. 일본의 '사소설' 담론의 폐해가 재일코리안 문학
의 의미와 가능성을 축소시키는 것을 경계하고자 한다.

4. 재일코리안 문학은 귀문(鬼門)을 넘는가

'귀문'은 김석범이 『화산도』 완결을 위해 제주도로 취재를 가고자 했
으나 80년대 당시 군부독재의 한국 땅에 마음대로 드나들 수 없었던 고
국 상실자로서의 고통을 비유해 쓴 말로, 정치가 미치지 않는 부분에서
의 문학적 성과를 포함해 넓게 포괄하며 정치와 문학의 문제를 이야기
하기 위해 쓴 화두이다.[15]

90년대를 지나면서 재일코리안에게 한국의 정치 상황이 조금 편해진
시기도 있었지만 30년이 지난 현재에도 경색된 상황이 크게 달라지지
않은 것 또한 사실이다. 2015년 10월에 『화산도』 완역 출판기념 학술
대회가 동국대에서 예정되어 있었는데, 여기에 저자인 김석범이 한국정
부의 입국 거부 결정으로 참석하지 못했다. 애초에 제주 4·3항쟁을 소

---

15) 金石範, 『国境を越えるもの―「在日」の文学と政治―』, 文芸春秋, 2004, p.126.

설로 쓴 현기영과 대담 형식으로 진행하려던 코너는 현기영 단독으로 김석범을 회고하는 형태로 마무리 지어졌다. 아흔을 넘긴 데다 건강 상태도 좋지 못한 김석범은 이것으로 죽을 때까지 조국 방문은 어렵겠다는 통한의 눈물을 흘린 것으로 나중에 일본의 지인에게 전해 들었다. 이 일만 봐도 김석범과 같이 정치적 성향이 강한 재일코리안에게 한국행은 여전히 '귀문'으로 남아있는지도 모른다.

그런데 김석범의 경우와는 다른 의미에서 '귀문'의 한국행을 이야기하는 작품으로 이양지(李良枝)의 『유희(由熙)』(『群像』 1988.11)를 들 수 있다. 재일코리안 '유희'가 서울에 와서 모국의 언어와 문화를 체험하는 과정에 갈등이 고조되며 결국 중도에 일본으로 돌아가 버리고 마는 과정을 한국인 '나'의 시점에서 그리고 있다. 작중인물 '유희'를 통해 제기되는 언어에 대한 문제의식은 모어와 모국어 사이에서 분열하는 모습을 통한 정체성의 혼란이나[16], 내셔널한 경계 설정 자체가 무의미한 언어의 문제[17] 등, 다양하게 논의되어 왔다. 그런데 이러한 논의에는 재일코리안이 한국과 일본 사이에 놓여있는 존재라는 인식이 전제되어 있음을 알 수 있다. 이는 '유희'를 바라보는 '나'의 시각에 잘 드러나는데, 정체성의 혼란이나 경계 설정의 문제로 논의가 귀결되는 것도 이러한 '나'의 시각을 따라가고 있기 때문으로 사료된다.

환기시키고 싶은 점은 '유희'는 일본어를 통해 말하고 생각하며 일본에서 살고 있는 존재라는 사실이다. 일본어로 살아가는 '유희'가 한국으

---

16) 이덕화, 「이양지의 새로운 디아스포라 의식, '있는 그대로 보기'」, 『세계한국어문학』 5집, 2011.4, p.65.
17) 심정명, 「경계는 어디에 존재하는가?: 由熙 다시 읽기」, 『순천향 인문과학논총』 제30집, 2011, p.64.

로 이동해 다른 언어 체험을 하는 과정은 '사이'의 문제라기보다 공간의 '확장'으로 보는 것이 더 설득력 있다. '말의 지팡이(ことばの杖)'를 'あ'로 잡으면 'あいうえお'의 일본어 세계가 펼쳐지는데, '아'로 잡으면 '아야어 여'의 한국어 세계가 새롭게 펼쳐지는 것이다. 물론 '유희'는 자신이 어느 지팡이를 잡는지 분명하게 깨달은 날이 없고 점점 알 수 없어져 지팡이를 잡을 수 없다고 '나'에게 토로하지만, '유희'는 분명 일본어로 4백 매가 넘는 원고를 '나'에게 남긴다. 읽을 수 없는 것이 '나'의 문제로 남는다. '나'는 "'아'의 여운만이 목구멍에 뒤엉킨 채 '아'에 이어지는 소리가 나오지 않"고[18], 소설은 끝난다.

즉, '귀문'을 만들고 있는 것은 오히려 '나'인 것이다. 유희의 한국어 발음이 이상하다든가 띄어쓰기를 못한다고 지적하고, 일본어 책을 주로 읽는다고 화를 내는 '나'의 시선이 이동의 상상을 막고 있는 것이다. '유희'가 남긴 일본어 원고를 재일코리안 문학의 비유로 생각해보면, '귀문'은 정치사회적인 외부적 요인뿐만 아니라 독자의 제한된 심상에 서사를 가두는 행위이기도 하다.

이러한 의미에서 보면 재일코리안 유희가 아니라 한국인 '나'의 시점에서 이야기를 전개하는 형식은 매우 시사적이다. 재일코리안 유희에 대해 한국인 '나'가 어떻게 느끼는지, 그리고 이러한 '나'의 시각을 작자가 어떻게 대상화하고 있는지 복수의 층위에서 읽을 필요가 있다.

---

18) 李良枝, 「由熙」, 『<在日>文学全集』 8권, 勉誠出版, 2006, p.336.

5. 이동하는 복수의 내러티브

현재 재일코리안은 5세대까지 이어지면서 일제강점기에 일본으로 건너가 처음에 '조선적'으로 살다가 이후 남북 분단의 갈등 속에서 '한국적'으로 바꾸어 살고 있는 재일(在日)의 의미를 현재를 살아가는 젊은 세대의 감각으로 그리고 있는 문학이 나오고 있다. 후카자와 우시오(深澤潮)의 장편 『녹색과 적색(綠と赤)』(實業之日本社, 2015)은 한국 국적을 가진 재일코리안 4세 '지영(知英)'을 통해 이러한 재일코리안의 통시적인 흐름을 보여주고 있는데, 헤이트스피치(특정 집단에 대한 공개적 차별·혐오 발언)의 문제를 중심으로 재일코리안이 일본 내에서 곤란을 겪고 있는 상황을 초점화하면서 일본인과 재일코리안, 그리고 재일코리안과 한국인 사이의 심리적 갈등을 작중인물들의 한일 간의 이동을 통해 그리고 있는 시공간이 매우 넓은 소설이다.

특히 흥미로운 점은 6장 구성에 관련된 5인의 작중인물이 각 장의 제목에 각각 배치되어 이들의 시점을 따라 이야기가 연쇄되고 있는 점이다. 이들 5인은 전원이 서로 알고 지내는 사이가 아니라 일부가 서로 연결되며 이야기가 전개된다. 이야기의 전개는 주로 작중인물들의 공간 이동을 따라 이루어진다. 작중인물의 동선을 따라 시점과 공간이 연쇄되고 한일 간에 왕복 이동이 이어지면서 두셋이 한국에서 만나기도 하고 또 일본에서 만나기도 한다. 주인공 격인 지영은 1장과 6장에 나오는데, 1장에서는 지영의 일본어 발음인 'Chie'로, 6장에서는 한국어 발음 그대로 'Jiyoung'으로 등장한다. 보기에 따라서는 재일코리안의 아이덴티티 찾기로 읽힐 수도 있겠으나, 전형적인 서사방식을 따르고 있지는 않다.

아이덴티티 문제로 고민하는 지영에게 어머니는 "재일이라는 사실에서 도망쳐도 괜찮아. 그러나 좌절해서는 안 돼"(p.227)라고 조언하기도 하고, 또 K-POP 가수들이 계속 화제에 오르기 때문에 가네시로 가즈키(金城一紀)의 『GO』 이상으로 신파성은 찾아보기 어렵다. 그 밖의 네 개의 장에서 일본인도 등장하고, 원래 한국 국적이었는데 일본으로 귀화한 뒤 한국에 유학 간 류헤이(龍平, 나중에 지영의 남자친구가 됨), 그리고 한국 유학생도 등장해 한일 간의 문제나 재일코리안 문제를 다양한 각도에서 보여주고 있다.

이상에서 짐작할 수 있듯이, 작중인물의 설정 및 관계나 소설의 공간 구성이 작위적이고 복잡해 산만한 느낌마저 주는 것이 사실이다. 그러나 이들 인물들이 계속 이동하면서 연쇄되고, 처음과 끝이 'Chie'와 'Jiyoung'으로 이어져 있기 때문에 순환되는 구조이다. 제명의 '녹색과 적색'은 한국과 일본의 패스포트 색깔을 나타내는 것으로, 한일 간의 공간 이동을 상징적으로 보여주고 있다.

류헤이가 한국으로 관광 온 'Chie'를 처음 만났을 때 그녀를 일본인이라고 생각하고 자신은 원래 재일한국인이었다고 가볍게 밝히면서 이야기하는 장면을 보자.

> 류헤이가 한국에 오려고 생각한 것은 (일본으로-인용자주)귀화하고 나서라고 한다. 늘 갖고 싶었던 일본의 패스포트를 손에 넣자, 역으로 한국이 너무 신경 쓰이고 말도 배우고 싶어진 것 같다.
> "이상하지? 그때까지는 일본인이 너무 되고 싶었는데 말이야. 한국인으로 낳아놨다고 부모를 원망했는데. 취직이나 결혼을 생각해 일본으로 귀화했는데, 귀화하고 나니 한국만 계속 생각하게 되었어."[19]

위의 인용에서 보듯이, 작중인물 사이의 관계뿐만 아니라 개별 인물 안에서도 공간을 잇는 사고는 계속 일어난다. 이와 같이 공간을 잇고 이동하는 현상은 지영을 비롯한 다른 인물에게도 보인다. 즉, 지영을 비롯한 재일코리안의 묘사는 사이에 낀 정형화된 아이덴티티의 불안이 아니라, 공간을 잇고 이동함으로써 여러 관계 속에서 유동적이고 상대적으로 생성되고 있는 것이다. 이 소설의 연쇄되는 복수의 내러티브는 재일코리안이 갖고 있는 '이동'의 모티브를 표현해내는 효과적인 전략으로 기능하고 있음을 알 수 있다.

6. 재일코리안 문학의 달라지는 북한 표상

2016년에 재일코리안 문학계에 '초신인의 출현!'[20]을 알리는 작품이 탄생했다. 최실(崔實)의 『지니의 퍼즐(ジニのパズル)』(『군조(群像)』 2016.6) 이다. 한국 국적의 지니가 조선학교에 다니면서 겪은 일을 그리고 있는 소설인데, 경계를 그리는 방법이 달라진 최근의 경향을 알 수 있다.

이야기는 2003년의 시점에서 시작된다. 미국 오리건 주의 한 고등학교에 유학하고 있는 박지니가 하숙집 주인 스테파니에게 5년 전인 1998년 중학교 1학년 때 도쿄에서 있었던 일을 이야기하는 구조이다. 지니는 일본의 소학교를 졸업하고 나서 중학교를 조선학교에 입학하는데, 입학식에서 본 김일성 김정일 부자의 초상화를 보고 위화감을 느낀다. 이어 지니는 조선어를 잘 못한다는 것 때문에 학교 친구들 사이에서 오

---

19) 深沢潮, 『緑と赤』, 実業之日本社, 2015, p.36.
20) 제50회 군조(群像)신인문학상 선자인 쓰지하라 노보루(辻原登)가 평한 말.

해도 생기고 학급 친구들과 잘 어울리지 못하는 자신을 발견한다. 그런데 여름방학이 끝날 무렵, 북한의 미사일 발사 소식이 들려오고, 조선학교 학생들은 일본인에게 보복성 공격을 받을지도 모른다는 위험에 노출된다. 어느 날 지니는 치마저고리를 입고 학교에 가는 길에 경찰이라고 자칭한 남자 셋에게 폭언과 성폭력을 당하게 되고, 이날 이후 지니는 외부와의 대화를 차단하고 혼자만의 공간에 틀어박힌다. 이윽고 그녀는 교실에 걸려있는 김일성 김정일 부자의 초상화를 밖으로 내던지고 "북조선은 김 정권의 것이 아니다", "북조선의 국기를 탈환하자"며 '혁명'을 일으킨다. 그리고 다시 이야기는 미국의 오리건 주로 돌아와 자신을 이해해주는 스테파니와의 교감을 통해 구원 받고 소설은 끝난다.

작중의 지니의 이야기는 작자 최실의 이력과 겹치는 부분이 있다. 즉 최실은 재일코리안 3세로, 『지니의 퍼즐』이 데뷔작이다. 최실은 한국 국적을 갖고 있으면서 중학교를 조선학교에서 다니고 고등학교는 미국에서 졸업했다. 전술했듯이 이야기의 시작과 끝은 미국이 배경으로, 미국에서 일본의 재일코리안, 그중에서도 조선학교를 다니고 있는 한국 국적의 중학생을 이야기하는 구조로 전개된다.

그런데 이야기 속의 조선학교 시점은 북한이 대포동 미사일을 발사했던 1998년이고 이를 미국에서 회상하는 때도 2003년인데, 소설 전체에서 주는 느낌은 작품이 발표된 2016년 현재시점을 방불케 한다. 우선, 미국이라는 공간에서 한국 국적의 재일코리안을 통해 조선학교 내지는 북한 문제를 그리고 있는 구조는 기존의 재일코리안 문학에서 보여 온 북한 문제를 다루는 방식과 다르다. 예를 들면, 가네시로 가즈키(金城一記)가 『GO』(2000)에서 재일코리안이 조선학교를 다니면서 겪는 문제를 재일코리안의 시각에서 그리고 있는 작풍과 다르게, 『지니의 퍼

즐』은 마치 한국이나 미국에서 북한 문제를 바라보고 있는 듯한 느낌을
준다. 그만큼 조선학교에 대한 시각이나 표현이 과격해졌고 재일코리안
과 조선학교의 상대적 거리도 멀어졌다. 여기에 북한으로 귀국한 지니
의 할아버지가 보내준 편지가 중간에 몇 군데 삽입되는데, 북한이 살기
좋은 곳이라는 내용에서 점차 절망적인 곳으로 묘사되고, 마지막 편지
에는 할아버지가 비참한 최후를 맞이했다는 소식이 전해진다. 할아버지
소식을 전하는 편지는 북한의 실정을 바로 전해주는 이야기로, 일본의
조선학교와 북한의 상황에 대한 경계를 무화시키며 조선학교에 대한 지
니의 분노 폭발에 박차를 가한다. 오늘날 북한을 악의 축으로 보는 미
국과 일본의 시각이 그대로 노골화된 모습을 볼 수 있다.

  가네시로 가즈키의 『GO』와 비교해보면 그 차이를 분명하게 알 수
있다. 『GO』의 주인공 스기하라는 무국적 상태였는데 하와이에 가기 위
해 한국 국적을 취득해야 한다는 아버지의 의견대로 한국 국적을 취득
한 후 일본학교로 전학을 간다. 즉, 국적문제를 개인의 선택으로 간단
히 바꿀 수 있는 것으로 치부하고 폐쇄적인 국민국가 체제에 균열을 일
으켜 경계를 무화시킴으로써 새로운 정체성을 모색해가는 모습을 그리
고 있다. 스기하라 식 경계를 살아가는 이야기에서 보자면, 지니의 이
야기는 물리적인 신체는 유동적이고 불안한 이동을 보이는데, 경계에
대한 인식은 오히려 고정적이고 소설 바깥의 북한에 대한 관점을 그대
로 작품에 들여놓고 있는 느낌이다.

  『지니의 퍼즐』을 군조 신인상으로 선정한 선자들이 만장일치로 평가
하며, 경계를 살아가는 긴장감이나 생명력, 시련과 구제의 요소를 평가
하고 있는데, 근대 국민국가의 단위를 지양하고 경계를 걸치고, 경계를
이동하는 관점에서 보면 기존의 작품에 비해 경계를 살아가는 이야기로

서는 후퇴한 느낌도 든다. 재일코리안 사회의 조선학교나 민족의 문제
가 한국이나 미국에서 바라보는 북한 문제와 다르다는 것은 말할 것도
없다. 최근에 북핵문제를 둘러싸고 남북한 관계나 동아시아, 나아가 미
국까지 국제사회에 복잡한 역학 관계가 얽혀 있는데, 이러한 힘의 논리
가 재일코리안 사회에 그대로 연동되는 것을 경계할 필요가 있다.

II. 김시종 시의 공간성 표현과 '재일'의 근거

1. '재일'의 실존적 의미

재일코리안 문학은 세대를 거듭하면서 개별적인 다양한 양태로 나타나고 있다. 즉, 재일코리안을 한국과 일본 두 국민국가의 틈바구니에서 소외된 타자로 여기고 자기 정체성을 강요당한 존재로 보는 주로 재일 1세대적인 상황이 반영된 개념을 비롯해[1], 대항적 범주의 가치체계에서 벗어나 인간 본연의 다양한 의미를 보여주려는 2세대 이후의 물음을 조명하려는 견해[2] 등, '재일'의 존재와 의미 규정은 시대의 변천과 더불어 달라지고 있다. 이는 종래에 재일코리안 문학을 독립적인 주체로 보는 대신에 한반도와 일본 사이에 낀 지점에서 보거나 정치적이고 민족적인 이데올로기를 주입해 부(負)의 이미지로 읽어온 관점이 바뀌고 있음을 말해준다.

그러나 집단적이고 역사적인 의미로 소환되는 '재일코리안 문학' 개념이 현재의 현실에 맞지 않는가 하면, 결코 그렇지는 않다. 오히려 현대에 들어 더욱 유효한 측면이 있다. 개별성과 다양성이 역사적이고 집단적인 의미를 상쇄하는 것은 아니다. 특히 식민과 분단이 이어지고 있는 한반도의 상황과 한일 간에 해결해야 할 식민 유제가 산적해 있는 현실에서 보면 '재일코리안 문학'이 갖는 역사성과 그 의미는 현재적 문맥에서 새롭게 조명되어야 할 필요가 있음은 물론이다.

---

1) 윤상인, 「'재일문학'의 조건」, 『문학과 근대와 일본』, 문학과지성사, 2009, p.316.
2) 竹田靑嗣, 『＜在日＞という根拠-李恢成・金石範・金鶴泳-』, 国文社, 1986, pp.222-230.

사실 '재일'의 근거는 재일코리안의 삶이 지속되는 한 되물어져야 하는 물음이다. 김석범은 다음과 같이 이야기한다.

> '재일'의 '근거'는 재일조선인 형성의 역사적 과정, 즉 조선에 대한 일본제국주의의 식민지지배의 소산이라는 것으로 끝나지 않는다. 소산이면서 동시에 바야흐로 이를 초월한 곳에 와 있다. 이는 인간 존재의 문제라고 하지 않을 수 없다. 선택의 여지없이 일본에 태어난 2, 3세들에게 '재일'의 근거는 일본인이 일본에 살고 있는 것, 즉 인간으로서 존재한다는 것이 무엇인가 하는 문제와 같은 정도로 무거운 문제이다. 그러나 또한 동시에 일본인과는 다른 곳에 '재일'의 의미를 되물어야하는 까닭이 있을 것이다.[3]

다시 말하면, '재일'의 삶은 일제의 식민지지배에서 비롯된 특수한 측면도 있지만 동시에 일본에서 같이 살아가는 일본인과 마찬가지로 인간 존재의 보편적인 문제도 아우를 수 있어야 한다는 이야기로, 재일코리안 세대를 아우르는 관점이 제시되어 있다. 그리고 주목할 점은 "일본인과는 다른 곳에 '재일'의 의미를 되물어야 하는 까닭이 있"다고 덧붙이고 있는 부분이다. 즉, 일본사회에서 재일코리안이 놓여 있는 종적이고 횡적인 특수와 일반의 문제를 동시에 봐야함은 물론인데, 이에 머무르지 않고 다시 '재일'의 특수성을 이야기하고 있는 것이다. 따라서 이때의 특수성은 '재일'의 역사성을 강조한 문맥과는 다른 층위의 의미로 읽어야 한다. 이어서 김석범은 다음과 같이 이야기한다.

> '재일'은 남북에 대해서 창조적인 위치에 있다. 이는 남북을 초월한

---

3) 金石範, 「「在日」とはなにか」, 『季刊三千里』 18号, 1979.夏, p.28.

입장에서 조선을 봐야한다는 의미이고, 또 의식적으로 그 위치 즉 장
(場)에 적합한 스스로의 창조적인 성격을 형성할 필요가 있다. / 창
조적인 성격이라는 것은 조국분단의 상황 하에서 '재일'이라는 위치
에서 통일을 위해 어떤 형태의 힘, 탄력이 될 수 있는 것을 말한다.
환언하면, 북에서도 남에서도 할 수 없는 것을 할 수 있을 뿐만 아니
라, 남북을 총체적으로 혹은 객관적으로 볼 수 있는 장소에 있기 때
문에 그 독자성이 남북통일을 위해 긍정적으로 작동하지 않으면 안
된다. 나는 지금 백 년 후의 재일조선인 존재를 생각하며 말하고 있
는 것이 아니다. 적어도 가장 현대적인 과제가 그렇다는 것이고, 미
래의 '재일'도 그 위에 서서 전개되는 외의 길은 없다는 의미이다.4)

위의 인용에서 보듯이, 김석범이 '재일'의 근거를 지리적으로 확장된
속에서 인식하고 있는 점은 주목을 요한다. 이 지리적 확장성은 물론
한반도와 일본의 틈바구니에 낀 존재로서가 아니라, 한반도의 남북을
다른 층위에서 총괄하고 대상화할 수 있는 위치로 '재일'을 자리매김하
고 있는 것을 뜻한다. 이러한 인식은 그가 재일코리안 1세대적인 감각
을 갖고 있기에 가능하다고 할 수 있다. 국외에 정주하면서 분단된 조
국의 어느 한 쪽에 포섭되는 것을 거부하고, '재일'의 '독자성'을 강조하
면서 남과 북을 "총체적"이고 또 "객관적"으로 대상화시키려고 하는 관
점은 특기할 만하다. 재일코리안 1세대의 조국지향을 회귀에 초점을 두
고 망향의 노래로만 다뤄온 기존의 관점은 이 부분을 간과하고 있다.
그래서 재일코리안의 존재도 부(負)의 이미지로 형상화해 온 것이다. 남
과 북 어느 한쪽에서는 할 수 없는 일을 양자와 다른 층위에서 포괄하
고 긍정적인 힘으로 전환시켜낼 수 있는 위치가 바로 '재일'이며, 이것

---

4) 위의 책, p.35.

이 바로 일본인과는 다른 '재일'의 존재 의미임을 김석범은 이야기하고 있는 것이다.

김석범은 1925년에 오사카에서 태어났기 때문에 생물학적으로 보면 일제강점기에 한반도에서 일본으로 건너간 1세대는 아니다. 그러나 그의 '재일'의 입장과 사상은 일본에서 정주한 속에서의 문제를 주로 다루는 2세들과는 차이를 보이며, 오히려 해방 후에 일본으로 건너간 김시종 시인과 유사성을 보인다. 즉, 김시종은 일제강점기에 일본으로 건너간 것은 아니지만 식민 이후의 연장선상에서 일본으로 건너갔기 때문에 1세대로 보는 것이 적합하다. '재일'의 근거도 김시종은 김석범과 유사성을 보인다. 그런데 흥미로운 점은 김시종은 오히려 자신이 재일 2세대임을 자처하면서 '재일'의 근거를 찾고 있다는 사실이다. 김석범과 김시종의 유사하게 보이면서도 차이를 나타내는 '재일'의 근거는 이들이 어떤 방법으로 '재일'의 의미를 추구하고 있는지 나뉘는 지점이기도 하다. 김석범이 말하는 '조국'이 실체화된 것이라면, 김시종의 그것은 인식의 세계라고 할 수 있다.

재일코리안 김시종(金時鐘, 1929.12.8.~) 시인은 함경도 원산에서 태어나 외가가 있었던 제주도에서 유년시절을 보내고 중학생이 되어서는 어머니가 자란 전라도 광주에서 지냈다. 1937년 중일전쟁 이후 황민화정책이 극에 달했을 때, 일본어=고쿠고(國語) 상용이 강제되는 상황 하에서 '황국소년'으로서 교육을 받으며 자랐다. 일본어 동요나 창가를 부르고 일본어로 번역된 세계문학전집을 읽으면서 자아를 형성해간 김시종은 17세 때 광주사범학교 재학 중에 해방을 맞이한다. 그런데 해방은 그에게 당혹스러운 변화를 갖다 주기에 충분했다. 어느 날 갑자기 조선어로 언어 환경이 바뀌면서 일본어로 형성해온 인식의 질서가 무너진 것이다. 이러한 혼란을 극복하기 위해 그는 해방 후에 다시 조선어를 배우기 시작했고 사회주의 운동에도 관심을 기울였다. 그러나 해방의 기쁨도 순간이고 이어진 해방기의 혼란, 그리고 제주 4·3항쟁에 가담했다가 탄압을 피해 1949년 5월에 제주도를 탈출, 6월에 일본으로 밀항했다. 이후 오사카의 조선인 집단거주지 이카이노(猪飼野)에 정착하면서 현재에 이르기까지 '재일'의 삶을 살고 있다.5)

김시종이 태어나서 처음으로 체험한 일본은 전후의 일본이었다. 즉, 이전에 접한 일본이 식민지 조선에서 일본어라는 언어를 통해 이미지화된 종주국으로서의 그것이라고 한다면, 해방이라는 시대적 전환을 거친 이후에 전후의 일본을 체험하게 된 것이다. 그것도 한국 정부의 단속을 피해 밀항한 상태였기 때문에 붙잡히면 오무라(大村) 수용소로 보내진 이후 바로 본국으로 송환되어 처형될지도 모르는 불안한 처지에서 일본 생활을 시작했다. 김시종은 혼란한 조국을 떠나온 가책과 일본에서의 정착을 위해 1950년 4월에 일본공산당에 입당하고 조직을 통해 문학자로서의 활동을 시작했다.

그는 해방 후에 도일(渡日)한 망명자이기 때문에 일제강점기에 일본으로 건너간 사람들과 비교해 스스로를 '순수한 在日'이 아니라고 하면서도, 그러나 "인간의 의식을 지배하는 것으로서 몸에 익힌 것이 일본어"이고 "재일이라는 것은 일본에서 태어나고 자란 것만이 재일이 아니라 과거 일본과의 관계에서 일본으로 어쩔 수 없이 되돌아온 사람도 그 바탕을 이루고 있는 '在日'의 因子"라고 말한다.6) 그리고 재일 2세대에 자

5) 김계자, 『근대 일본문단과 식민지 조선』, 역락, 2015, p.194.
6) 김석범·김시종 저, 이경원·오정은 역, 『왜 계속 써왔는가 왜 침묵해 왔는가』, 제주대학교 출판부, 2007, pp.162-163.

신을 정위(定位)한다.7) 김시종이 자신을 재일 2세로 규정한 이유는 무엇인가? 일본에 정착한 이후의 김시종의 활동부터 간단히 살펴보자.

일본에 정착한 이후 김시종은 민족대책본부(약칭. 민대)의 지도하에 민족학교 재건을 위해 일하는 한편, 1951년 오사카 재일조선인문화협회에서 발간한 잡지 『조선평론(朝鮮評論)』의 운영에도 참여했다. 김시종은 『조선평론』 창간호(1951.10)에 「유민애가(流民哀歌)」를 발표하고 김달수와도 친분을 쌓았다. 그리고 김석범에 이어 4호부터 편집 실무를 맡았다. 시 창작은 1950년 5월 26일자 『신오사카신문(新大阪新聞)』에 「꿈같은 일(夢みたいなこと)」을 발표하면서 활동을 시작했다. 한국전쟁을 기해 민대에서 잡지 창간의 명령이 재일조선인 조직인 재일조선통일민주전선(약칭 민전)에 하달되었고, 1953년 2월에 김시종은 시 잡지 『진달래(チンダレ)』 창간에 주축으로 활동했다. 1955년 5월에 재일본조선인총연합회(약칭. 조총련)가 결성되면서 북한으로의 귀국운동이 활발해지고 조선인은 조선어로 창작을 해야 한다는 문화방침이 나오는 가운데, 김시종은 조총련에 속해있으면서 귀국도 하지 않았고 시 창작도 일본어로 계속해 당시 조총련 조직원으로부터 비판의 대상이 되었다. 이러한 시기에 나온 첫 창작 시집이 바로 『지평선』(チンダレ 發行所, 1955.12)이다.8)

『지평선』의 「자서(自序)」에 김시종은 다음과 같이 적고 있다.

자신만의 아침을 / 너는 바라서는 안 된다. / 밝은 곳이 있으면 흐

---

7) 金時鐘, 「第二世文学論─若き朝鮮詩人の痛み─」, 『現代詩』, 1958.6. 본 논문에서는 チンダレ研究会編, 『「在日」と50年代文化運動-幻の詩誌『チンダレ』『カリオン』を読む-』, 人文書院, 2010, pp.186-194면에서 전재(転載)한 내용을 참고함.
8) 김시종의 연보는 磯貝治良, 黒古一夫編, 『＜在日＞文学全集5』, 勉誠出版, 2006, pp.339-411 참고.

린 곳도 있는 법이다. / 무너지지 않는 지구의 회전을 / 너는 믿고 있으면 된다. / 해는 네 발밑에서 뜬다. / 그리고 큰 호를 그리고 / 반대쪽 네 발밑으로 저물어간다. / 도달할 수 없는 곳에 지평이 있는 것이 아니다. / 네가 서 있는 그 지점이 지평이다. / 그야말로 지평이다. / 멀리 그림자를 늘어뜨리고 / 기운 석양에는 작별인사를 해야 한다. // 완전히 새로운 밤이 기다리고 있다. (自分だけの 朝を / おまえは 欲してはならない。 / 照るところがあれば くもるところもあるものだ。 / 崩れ去らぬ 地球の廻轉をこそ / おまえは 信じていればいい。 / 陽は おまえの 足下から昇つている。 / それが 大きな 弧を描いて / その うらはらの おまえの足下から沒してゆくのだ。 / 行きつけないところに 地平があるのではない。 / おまえの立つている その地点が地平だ。 / まさに 地平だ。 / 遠く 影をのばして/ 傾いた夕日には サヨナラをいわねばならない。 // ま新しい 夜が待つている。)9)

시집의 제명이기도 한 '지평선'은 조국을 떠나 일본에서 살게 된 김시종에게 그 너머에 있는 갈 수 없는 고향(조국)에 대한 원초적 그리움을 담고 있다. 그러나 시인은 '지평선'을 하늘과 땅이 맞닿아 있는 원경에서 불러들이지 않고, 자신이 발을 딛고 서 있는 현재의 위치에서 해가 떠서 큰 호를 그린 다음 다시 그 지점으로 지는 것으로 표현하고 있다. "도달할 수 없는 곳에 지평이 있는 것이 아니다. / 네가 서 있는 그 지점이 지평이다 / 그야말로 지평이다"고 반복하며 강조하고 있듯이, 현재 위치한 지점에서 자신의 삶을 살아가려는 재일의 실존적 의지를 읽어낼 수 있다.

물론 이러한 재일의 삶이 해가 늘 비추는 밝은 곳만은 아니라고 시적 화자는 말하고 있다. 그러나 아침을 바라지 말라는 금지와 밤을 희구하

---

9) 위의 책, p.78.

는 구도가 역설인 것은 아니다. 왜냐하면 시의 마지막에서 기다리는 밤
은 그냥 소멸로서의 어둠이 아니다. 그것은 '완전히 새로운 밤(ま新しい
夜)'인 이상, 새롭게 인식되어야 할 세계로의 전도(顚倒)가 일어나고 있
는 것이다. 따라서 김시종에게 재일의 실존적 의미는 소여(所與)로서의
현실을 긍정함으로써 얻어지는 것이 아니라, 인식의 전환이 만들어내는
새로운 공간의 생성이라고 볼 수 있다.

　이상과 같이 김시종의 시 창작의 기점(起點)에는 망명자가 갖는 노스
탤지어를 끊어내고 자신에게 재일의 실존적 의미를 부여하려는 의지 표
명이 명확히 드러나 있다. 김시종이 스스로를 재일 2세로 규정하고 있
는 이유도 여기에서 찾을 수 있다. 그러나 홍윤표와의 사이에서 제기된
'유민(流民)의 기억' 논쟁에서 보이듯 현실적으로는 망명자로서의 감상적
인 서정을 완전히 떨쳐내고 있지는 못하다. 시집 『지평선』은 「밤을 바
라는 자의 노래(夜を希うもののうた)」와 「가로막힌 사랑 속에서(さえぎられ
た愛の中で)」의 두 부분으로 구성되어 있는데, 특히 후반부에 이러한 감
상적인 시들이 다수 보인다. 이러한 유민의 감상성 때문에 그는 공산당
조직으로부터 혹독한 비판을 받았다.

　그렇지만 이후의 김시종의 시세계는 내면으로 침잠하는 감상성은 절
제되고 매우 구체적이고 서사적인 공간 구성을 통해 전개된다. '조국'이
나 '민족', '재일'과 같은 추상적인 개념 대신에, 『장편시집 니이가타(新
潟)』(構造社, 1970), 『이카이노시집(猪飼野詩集)』(東京新聞出版局, 1978), 『광주
시편(光州詩片)』(福武書店, 1983) 등의 제명에서 볼 수 있듯이, 구체적인 공
간을 통해 재일의 삶을 이야기해가고 있음을 알 수 있다.[10]

---

10) 김시종의 시 창작에 특징적으로 보이는 이러한 공간 표상에 대해 남승원은 "이
　장소들에 숨겨진 역사와 그동안 가해져왔던 지배자들의 기록 왜곡에 맞선 시쓰

2. 일본에서 분단을 넘는 상상력

김시종은 일제강점기를 거치면서 내면화된 일본어로부터 자신을 끊어내기 위해 숙달된 일본어를 의식적으로 뒤틀어 어눌하게 표현하고, 이것이 바로 '일본어에 대한 자신의 보복'11)이라고 말했다.

> 표현에 종사하고 있는 자로서 말의 문제에서 보면 '종전'은 해방을 가져오고 해방은 모국어인 조선어의 회복을 나에게 가져왔지만, 벽에 손톱을 긁는 마음으로 익힌 조선어조차 일본어에서 분광되는 말일 뿐이었다. 앞서 말한 바와 같이 프리즘이 빛을 나누는 것과 같은 상태로밖에 조선어가 인식되지 않았다. 이 도착(倒錯)된 사고 경로가 내 주체를 관장하고 있다. 이것이 나의 일본어인 것입니다.12)

일제강점기에 일본어를 통해 세계를 인식해온 김시종에게 해방 이후 맞닥뜨린 조선어는 일본어를 경유한 도착(倒錯)적인 것일 수밖에 없었다. 해방 이후에도 여전히 자신의 사고 루트를 관장하고 있는 일본어를 김시종은 "나의 일본어"라고 하면서 여기에 균열을 일으켜 인식의 전도를 꾀하고자 한다. 즉, 자신에게 이미 익숙해진 일본어를

기"라고 설명하고 있다. 남승원, 「김시종 시 연구 - 탈식민적 전략으로서의 공간 탐구 - 」,『이화어문논집』 37집, 이화어문학회, 2015, p.104.

11) 金時鐘,『わが生と詩』, 岩波書店, 2004, 30면. 김시종이 일본어 표현을 뒤틀어 일본어 중심의 세계에 저항성을 보이고 있음을 논한 대표적인 논고에 이한정, 「김시종과 일본어, 그리고 '조선어'」(『현대문학의 연구』 45, 현대문학연구학회, 2011), 하상일, 「이단의 일본어와 디아스포라의 주체성」(『재일 디아스포라 시문학의 역사적 이해』, 소명출판, 2011) 등이 있다.

12) 金時鐘,『わが生と詩』, 岩波書店, 2004, p.10.

의식적으로 이화(異化)시킴으로써 '단카적 서정(短歌的抒情)'을 부정 내
지 해체해 자신과 세계를 변혁해가려고 한다고 오세종이 말한 대로
이다.13)

　그렇다면 소위 7·5조의 리듬이 담아내는 일본의 전통적인 단카적
서정이 아닌 김시종의 독자적인 시학은 어디에서 찾을 수 있는가? 이
소가이 지로는 김시종의 시세계를 역사와 정치 같은 '외부'와 이들에
포위된 자신의 '내부'를 왕복하는 '비평정신'으로 설명한다.14) 요컨대,
자기 자신을 외부와 대치시켜 대상화시킴으로써 비평을 획득한다는 것
인데, 서정은 곧 비평이라고 주장한 오노 도자부로(小野十三郎)에게 김
시종이 영향 받은 사실을 고려하면 일리 있는 설명이다. 물어야 할 것
은 감상적인 단카적 서정을 부정하고 비평적 표현을 획득하려고 하는
시적 화자의 인식이 실제로 시 속에서 어떻게 방법화되고 있는가 하는
점이다.

　김시종이 세 번째로 내놓은『장편시집 니이가타』는 1970년에 출간
되었지만 원고는 1959년에 북한으로의 귀국운동이 한창이던 시기에
이미 대부분 완성한 것을 거의 10년 정도 그대로 갖고 있다 출판한 것
이라고 시인 스스로 회고하고 있다.15) 조총련과의 갈등으로 조직에서
멀어진 데다, 1959년 2월에 잡지『진달래』가 해산되었고, 애초에 세
번째 시집으로 예정되었던『일본풍토기Ⅱ』의 원고가 분실된 채 중단
되는 사태가 벌어지는 등, 시집 출판이 용이하지 않았다. 그리고 나서

---

13) 吳世宗,『リズムと抒情の詩学―金時鐘と「短歌的抒情の否定」』, 生活書院, 2010, p.18.
14) 磯貝治良,「金時鐘の詩を順不同に語る」,『＜在日＞文学の変容と継承』, 新幹社, 2015,
　　pp.129-130.
15) 磯貝治良, 黒古一夫編, 앞의 책, p.379. 이 외에도 동료 문인이나 비평가들의 글에
　　같은 내용의 회고가 다수 있음.

나온 시집이 바로 『니이가타』이다. 이 시집은 주로 4·3 이후 일본으로 건너간 기억을 떠올리고 있는 「간기(雁木)의 노래」, 한국전쟁 때의 단상을 이야기하고 있는 「해명(海鳴) 속을」, 그리고 니이가타에서 귀국선이 출항할 때의 모습을 서술한 「위도(緯度)가 보인다」의 3부로 구성되어 있는데, 재일의 삶을 시작한 때부터 시집이 나온 동시대까지의 복수의 기억이 얽혀 있는 장편 서사시이다. 1부는 다음과 같이 시작하고 있다.

　눈에 비치는 / 길을 / 길이라고 / 결정해서는 안 된다. / 아무도 모른 채 / 사람들이 내디딘 / 일대를 / 길이라 / 불러서는 안 된다. / 바다에 놓인 / 다리를 / 상상하자. / 지저(地底)를 관통한 / 갱도를 생각하자. (目に映る / 通りを / 道と / 決めてはならない。/ 誰知らず / 踏まれてできた / 筋を / 道と / 呼ぶべきではない。/ 海にかかる / 橋を / 想像しよう。/ 地底をつらぬく / 坑道を / 考えよう。)16)

　위에서 '길'은 경계를 넘는 은유로 볼 수도 있고, 재일의 삶을 살아가고 있는 시인의 삶으로 해석할 수도 있다. 어느 쪽이든 '상상'의 길로서 시적 화자의 인식 공간인데, '다리'와 '갱도'라는 시어를 통해 연결하고 이어주는 의미로 표현하고 있다. 그리고 시는 다음과 같이 이어진다.

　나는 / 이 땅을 모른다. / 하지만 / 나는 / 이 나라에서 길러진 / 지렁이다. / 지렁이의 습성을 / 길들여준 / 최초의 / 나라다. / 이 땅에서야말로 / 내 / 인간부활은 / 이뤄지지 않으면 안 된다. / 아니 /

---

16) 김시종, 곽형덕 역, 『김시종 장편시집 니이가타』, 글누림, 2014, pp.21-22. 이하, 인용은 면수만 표기한다. 원문 인용은 『原野の詩　集成詩集1955-1988』, 立風書房, 1991에 수록된 것을 참고함.

달성하지 않으면 안 된다. / (……) / 숙명의 위도(緯度)를 / 나는 / 이 나라에서 넘는 거다.(pp.32-33) (ぼくは / この地を知らない。 / しかし / ぼくは / この國にはぐくまれた / みみずだ。 / みみずの習性を / 仕込んでくれた / 最初の / 國だ。 / この地でこそ / ぼくの / 人間復活は / かなえられねばならない。 / いや / とげられねばならない。 / (……) / 宿命の緯度を / ぼくは / この國で越えるのだ。)

'지렁이'는 시적 화자인 '나'의 메타포로, 지렁이에서 인간으로 부활할 것을 꿈꾸는 한 남자의 시선을 따라 시가 이어지고 있다. 위의 내용을 간단히 요약하면, "숙명의 위도"를 넘는 것이야말로 자신의 주박(呪縛)을 풀고 일본에서 인간으로 살아가는 길임을 시적 화자가 스스로에게 확인시키고 있다. 여기에서 말하는 "숙명의 위도"는 북한 귀국선이 출항하는 니이가타의 연장선상에 있는 38도선을 가리킨다. 조국 분단을 상징하는 북한 귀국선을 바라보면서, 바로 그 지점에서 시인은 분단을 넘는 상상을 하고 있는 것이다. 『장편시집 니이가타』가 한국에서 번역 간행되었을 때 김시종은 「시인의 말」에서 다음과 같이 적고 있다.

　　남북조선을 찢어놓는 분단선인 38도선을 동쪽으로 연장하면 일본 니이가타시(新潟市)의 북측을 통과한다. 본국에서 넘을 수 없었던 38도선을 일본에서 넘는다고 하는 발상이 무엇보다 우선 있었다. 북조선으로 '귀국'하는 첫 번째 배는 1959년 말, 니이가타 항에서 출항했는데, 『장편시집 니이가타』는 그때 당시 거의 다 쓰여진 상태였다. 하지만, 출판까지는 거의 10년이라는 세월이 흐르지 않으면 안 됐다. 나는 모든 표현행위로부터 핍색(逼塞)을 강요당했던 터라, 오로지 일본에 남아 살아가고 있는 내 '재일'의 의미를 스스로 생각해 발견해야만 하는 입장에 서게 되었다. 이른바 『장편시집 니이가타』는 내가 살

아남아 생활하고 있는 일본에서 또다시 일본어에 맞붙어서 살아야만
하는 "재일을 살아가는(在日を生きる)" 것이 갖는 의미를 자신에게 계
속해서 물었던 시집이다.17)

위의 인용에서 알 수 있듯이, 김시종은 조총련과의 갈등으로 북한으
로 귀국하는 것을 단념하고 일본에 남아 일본어로 재일을 살아가야 하
는 상황 속에서 재일의 의미를 부(負)의 좌표로서가 아니라 긍정적인 새
로운 관점에서 생각하게 된다. 즉, '재일'의 삶에 분단된 조국을 아우르
는 적극적인 역할을 부여하는데, 이것이 바로 김시종의 '재일'의 근거인
것이다. 일본에서 한반도의 남북이 하나의 사정권으로 부감되고, 나아
가 분단의 경계를 넘는다는 발상은 '재일'이기 때문에 가능한 상상의 공
간 확장이라고 할 수 있다. 인용의 후반부에서 김시종은 남북 분단과
갈등으로 인해 자신이 맞닥뜨리고 있는 문제를 이야기하면서 그 경계를
넘는 것이야말로 자신이 재일을 살아가는 의미라고 이야기한다. 그리고
이러한 바람은 '나' 혼자만의 넋두리가 아닌 사람들과 어우러진 힘으로
표현된다.

　　지평에 깃든 / 하나의 / 바람을 위해 / 많은 노래가 울리고 있다.
/ 서로를 탐하는 / 금속의 / 화합처럼 / 개펄을 / 그득 채우는 / 밀물
이 있다. / 돌 하나의 / 목마름 위에 / 천 개의 파도가 / 허물어진
다.(pp.169-170) (地平にこもる / ひとつの / 願いのために / 多くの歌
が鳴っている。 / 求めあう / 金屬の / 化合のように / 干潟を / 滿ちる
/ 潮がある。 / 一つの石の / 渴きのうえに / 千もの波が / くずれてい
るのだ。)

---

17) 곽형덕, 앞의 책, 면수 표기 없음.

위의 인용은 「위도가 보인다」의 후반부에 나오는 내용으로, 시집의 거의 마지막에 나오는 대목이다. 분단의 경계를 넘고자 하는 바람이 자신 혼자만이 아니라 많은 목소리로 울리고 있음을 "서로를 탐하는" "화합"의 "천 개의 파도"로 표현하고 있다. 그러나 동시에 이러한 바람이 지난한 것임을 시의 말미에서 보여주고 있다. "불길한 위도"가 "금강산 벼랑 끝에서 끊어져" 있고 "망망히 번지는 바다를 / 한 사내가 / 걷고 있다."는 표현을 통해 조국 분단의 현실적 어려움을 토로하는 시인의 고독한 내면이 잘 드러나 있다.

『장편시집 니이가타』는 김시종의 시집 중에서 가장 난해하기로 유명하다. 상징으로 가득한 시어가 많고 재일코리안으로서 김시종이 겪은 현대사의 기억들이 착종되어 있는 데다, 장편 서사시임에도 불구하고 시행이 어절 단위로 분절화되어 있어 시의 의미를 읽어내기가 쉽지 않다. 그러나 한 가지 이야기할 수 있는 것은, 니이가타라는 공간이 남북 분단의 현장이면서 동시에 그 분단을 넘고자 하는 바람이 공명(共鳴)의 파도소리로 울리는 공간이기도 하다는 것이다. 이와 같이 니이가타에는 이중의 의미가 중첩되어 있고, 이곳을 거점으로 한반도 전체가 부채꼴 모양으로 포괄되는 공간 확장의 상상이 그려지는 표현은 주목할 만하다. 이렇게 보면 '니이가타'는 앞서 말한 '재일'의 근거 혹은 의미를 그대로 보여주는 상징적인 공간이라고 할 수 있다. 이와 같이 『장편시집 니이가타』는 공간의 형상화와 확장되는 상상을 통해 '재일'의 근거를 적극적인 의미로 만들어내고 있는 텍스트로 평가할 수 있다.

3. 소수자의 로컬리티와 연대

『장편시집 니이가타』가 '재일'의 근거를 한반도의 남북과의 관계 속에서 찾고 있다고 한다면, 『이카이노시집』은 재일코리안과 일본과의 관계로 시선을 돌리고 있다. 김시종은 일본어로 계속 시 창작을 해오고 있지만, 일본의 중심적인 시단과는 거리가 있었다. 김시종은 그 이유에 대해 자신이 일본인과 다른 특정한 일본정주자이기 때문인 탓도 있지만 그 이상으로 타자인 자신과 일본인 사이에 관계성이 없기 때문이라고 생각한다. 이러한 측면에서 『이카이노시집』을 "일본의 시라는 권역 밖에서 목이 쉬도록 부른 '타자'의 생의 흔적"이라고 자칭 평가하고 있다.18) 김시종과 일본 시단과의 관계는 마치 '이카이노'라는 지역이 일본에서 차지하는 위상과 흡사하다.

이카이노는 오사카(大阪) 시 이쿠노(生野) 구에 있는 일본 최대의 재일코리안 집락촌으로, 1920년대 초반에 히라노(平野) 강 치수사업을 위해 식민지 조선인이 강제 동원되면서 형성된 부락이다. 아래 사진에서 보듯이, 현재는 그 모습이 많이 바뀌었지만 재일코리안의 원초적 삶이 그대로 배어있는 원향(原鄕)과도 같은 공간이라고 할 수 있다. 이러한 원향으로서의 이미지는 역사를 거슬러 올라가면 5세기에 도래한 백제인이 이곳을 개척했다는 사실에서 비롯된 것이기도 하다. 지금도 동네 어귀에 그 흔적을 찾아볼 수 있는 미유키모리 천신궁(御幸森天神宮) 이 남아 있다.

---

18) 金時`鐘,「猪飼野」,『ニッポン猪飼野ものがたり』(猪飼野の歴史と文化を考える会), 批評社, 2011, p.19.

<사진 1> 미유키모리(御幸森)신사　　　<사진 2> 이쿠노 구 히라노 강 주변의 주택

'이카이노'는 1973년 2월 1일에 행정구역상에서 이름이 말소되어 지도상에서 자취를 감추었다. 그러나 현재까지 여전히 재일코리안 부락의 상징으로 각인되어 있다. 김시종은 『계간 삼천리』 창간호(1975.2)부터 1977년 5월까지 10회에 걸쳐 『장편시 이카이노시집』을 연재해, 재일의 삶의 기저에 뿌리내린 이카이노의 의미를 노래하고 있는데, 그 제 일성(一聲)으로 쓴 시가 바로 「보이지 않는 동네(見えない町)」(「長篇詩 猪飼野詩集」, 『季刊 三千里』 창간호, 1975.2)이다. 조금 길지만 '이카이노'의 공간성을 잘 보여주는 부분을 보자.

　　없어도 있는 동네. / 그대로 고스란히 / 사라져 버린 동네. / 전차는 애써 먼발치서 달리고 / 화장터만은 잽싸게 / 눌러앉은 동네. / 누구나 다 알지만 / 지도엔 없고 / 지도에 없으니까 / 일본이 아니고 / 일본이 아니니까 / 사라져도 상관없고 / 아무래도 좋으니 / 마음 편하다네. // (……) // 어때, 와 보지 않을 텐가? / 물론 표지판 같은 건 있을 리 없고 / 더듬어 찾아오는 게 조건. / 이름 따위 / 언제였던가. / 와르르 달려들어 지워 버렸지. / 그래서 '이카이노'는 마음속. / 쫓겨나 자리 잡은 원망도 아니고 / 지워져 고집하는 호칭도 아니라네. / 바꿔 부르건 덧칠하건 / 猪飼野는 / 이카이노 / 예민한 코라야

찾아오기 수월해. // (……) // 으스대는 재일(在日)의 얼굴에 / 길들
여지지 않는 야인(野人)의 들녘. / 거기엔 늘 무언가 넘쳐 나 / 넘치
지 않으면 시들고 마는 / 일 벌이기 좋아하는 조선 동네. / 한번 시작
했다 하면 / 사흘 낮밤 / 징소리 북소리 요란한 동네. / 지금도 무당
이 날뛰는 / 원색의 동네. / 활짝 열려 있고 / 대범한 만큼 / 슬픔 따
윈 언제나 날려 버리는 동네. / 밤눈에도 또렷이 드러나 / 만나지 못
한 이에겐 보일 리 없는 / 머나먼 일본의 / 조선 동네. (なくても　あ
る町。/ そのままのままで / なくなっている町。/ 電車はなるたけ /
遠くを走り / 火葬場だけは　すぐそこに / しつらえてある町。/ みん
なが知っていて / 地図になく / 地図にないから / 日本でなく / 日本で
ないから / 消えててもよく / どうでもいいから / 氣ままなものよ。//
(……) // どうだ、來てみないか？ / もちろん　標識ってなものはあ
りゃしない。/ たぐってくるのが　條件だ。/ 名前など / いつだった
か。/ 寄ってたかって　消しちまった。/ それで＜猪飼野＞は　心のう
ちさ。/ 逐われて宿った　意趣でなく / 消されて居直った　呼び名で
ないんだ。/ とりかえようが　塗りつぶそうが / 猪飼野は　イカイノ
さ。/ 鼻がきかにゃ　來りゃあせんよ。// (……) // したり顔の在日
に / ひとり狎れない野人の野さ。/ 何かがそこらじゅうあふれていて
/ あふれてなけりゃ　枯れてしまう / 振舞いずきな　朝鮮の町さ。/ 始
まろうものなら / 三日三晩。/ 鉦と太鼓に叩かれる町。/ 今でも巫人が
狂う / 原色の町。/ あけっぴろげで / 大まかなだけ / 悲しみはいつも
散ってしまっている町。/ 夜目にもくっきりにじんでいて / 出會えな
い人には見えもしない / はるかな日本の / 朝鮮の町。)[19]

위의 시 「보이지 않는 동네」에서 읽을 수 있듯이, 김시종은 지도상에

---

19) 시 「보이지 않는 동네」의 인용은 『경계의 시』(김시종, 유숙자 역, 小花, 2008,
pp.85-92)의 번역에 의함. 병기한 원문 인용은 金時鐘, 『猪飼野詩集』, 岩波現代文庫,
2013, pp.2-12.

서 사라져버린 공간을 흥겨운 공간으로 재현해보이고 있다. "『니가타』의 고난에 찬 모든 행, 모든 문자가 암호환된 듯한 텍스트의 전개와 비교하면 모든 것을 털어버린 듯한 명쾌함"이 느껴진다고 평한 호소미 가즈유키(細見和之)의 말처럼20), 아픔의 역사를 축제의 한마당으로 전도시키는 리듬감 있는 단문이 반복적으로 이어져 경쾌한 분위기를 만들어내고 있다. 징소리나 북소리와 같은 청각적인 요소에 무당이 굿을 하는 원색의 시각적인 요소를 동원해 일본 땅에 토착화된 재일코리안의 사라지지 않는 원초적 삶을 사라진 지도 위로 다시 들춰내 보이고 있는 것이다. 어디 한 번 찾아올 테면 찾아와보라는 식으로 도발하며 소거된 재일코리안의 공동체성을 환기(喚起)시키고 있는 어투도 간결하고 리듬감 있다.

『이카이노시집』에 연재된 또 한 편의 시「일상의 심연에서(日日の深みで)」(3)에 다음과 같은 구절이 나온다.

> 무엇보다도 불안을 끊는 것이 / 일본을 살아가는 요건이기에 / 재일의 흔들리지 않는 뛰어난 인물이 / 세 글자로 불리는 일은 / 벌써 옛날에 끊어졌다. / 끊어져 있으니까 / 찌부러진 손가락을 내거는 일이 있고 / 거기에 겹치는 재일이 있으니까 / 끊어져 있을 수 있는 / 연대가 있는 것이다.(なによりも不安から切れることが / 日本を生きる要件なので / 在日の　ゆるぎない選良が / 三つ文字で呼ばれることは / とうの昔に切れている。/ 切れているから / ひしゃがる指の / 賭けがあるのであり / それに重なる在日があるから / 切れていられる / つながりがあるのである。)21)

20) 호소미 가즈유키, 동선희 역, 『디아스포라를 사는 시인 김시종』, 어문학사, 2013, p.165.
21) 金時鐘,「長篇詩 猪飼野詩集」,『季刊 三千里』7号, 1976.8, p.175.

위의 시에서 말하는 '세 글자'는 '조선인'을 가리키는 것으로 생각해볼
수 있다. 즉, '재일'의 안정된 삶을 위해 '조선인' 세 글자를 지워 기호로
서의 '조선인'이 더 이상 아니게 되었다고 해도 여전히 서로 이어진 연
대가 가능하다는 것을 노래하고 있다. 1965년 한일국교정상화 이후 그
때까지 무국적 상태로 있던 '재일조선인'이 한국인이나 일본인 국적을
취득하는 일이 많아졌고, 따라서 더 이상 '조선인'이라는 집단적인 기호
하에 소환되기 어려워진 것이 사실이다. 그러나 '이카이노'라는 기호가
지도상에서 소거되어도 여전히 사람들의 인식 속에서 그 상징적 의미가
사라지지 않듯이, '재일'의 삶이 지속되는 한 연대는 계속된다고 노래하
고 있는 것이다.

흥미로운 점은 이어져 있는 연대가 아니라, "끊어져 있을 수 있는 연
대"라고 하고 있는 표현이다. 일본 속에서 소수집단으로 존재하는 '재일'
은 호칭조차 통일되지 않을 정도로 국적을 비롯해 일본을 살아가는 다
양한 방식이 있고, 정치사회적 변화에 따라 더욱 변형되어 갈 수 있다.
이와 같이 다양하게 나뉘어 있는 재일의 군상을 한곳에 아우르는 개념
이 바로 '이카이노'가 갖는 공간성일 것이다. '이카이노'는 행정구역상에
서 사라졌지만 이는 기호를 소거시켰을 뿐으로, 여전히 '재일'의 공간으
로 기억되고 언제든 소환될 수 있는 기제로 남는다. 왜냐하면 기억은
인식 가능한 공간으로 전유되기 때문에 '이카이노'라는 이름을 떠올리는
것만으로 언제든 집단으로서의 '재일'의 의미는 소환될 수 있기 때문이
다. 다른 시집에 수록된 「이카이노 다리(猪飼野橋)」(『化石の夏』, 海風社,
1998)라는 시에 다음과 같은 구절이 나온다.

스물둘에 징용당한 / 아버지는 이카이노 다리를 지나 끌려갔다. /

나는 갓 태어난 젖먹이로 / 밤낮을 뒤바꾸어 셋방살이 엄마를 골탕 먹였다. / 소개(疎開) 난리도 오사카 변두리 이곳까진 오지 않고 / 저 멀리 도시는 하늘을 태우며 불타올랐다. / 나는 지금 손자의 손을 잡고 이 다리를 건넌다. / 아카이노 다리에서 늙어 대를 이어도 / 아직도 이 개골창 그 흐름을 알 수 없다. (二十二のとき徴用にあい / 父は 猪飼野橋をあとに引かれていった。 / 私は生まれたばかりの乳呑み兒で / 晝と夜をとり違えては間借りの母を困らせた。 / 疎開騷ぎも大阪のは ずれのここまではこず / 遠くで街なかが空を焦がして燃えていた。 // 私はいま孫の手を引いてこの橋を渡る。 / 猪飼野橋で老いて代を継ない でも / 今もってこのどぶ川のその先を知らない。)22)

위의 시에서 알 수 있듯이 '이카이노'라는 공간은 '재일'을 살아온 사람들이 대를 이어 생활해온 삶의 터전이다. 삼대가 살아온 기억이 명칭을 소거한다고 해서 사라지는 것은 아닐 터이다. 더욱이 운하를 거슬러 이카이노 다리를 건넌 곳에 외부와 구획 지어진 소수집단의 특수한 공간으로 존재하기 때문에 명칭의 소거는 오히려 공동체의 결속을 강화하는 장치로 기능할 수도 있다. 그리고 이카이노에 면면히 이어져온 시간은 이후에도 이어질 것이라고 암시하고 있다. 이와 같이 재일코리안의 문화가 토착화된 이카이노의 공간성은 일본사회 속에서 대항적인 소수자의 로컬리티를 형성할 뿐만 아니라, 집단적인 유대와 공동체 연속의 기제로 소환되고 기능하고 있음을 시인은 보여주고 있다.

---

22) 인용은 김시종, 유숙자 역, 『경계의 시』, 小花, 2008, 168면에 의함. 원문은 磯貝治良, 黑古一夫編, 앞의 책, pp.204-205.

4. '재일'의 원점을 찾아서

이상에서 살펴본 것처럼 김시종의 시는 구체적인 공간을 통해 '재일'의 실존적 삶을 노래하고 있는 작품이 많은데, 시적 화자가 어디에 위치하고 있는가 하는 점이 공간 형상화에 주요한 모티브로 작용하고 있는 시가 다수 있다. 예를 들면,『니이가타』와『이카이노시집』외에 구체적인 공간을 소재로 하고 있는 또 하나의 시집『광주시편』을 보면,「바래지는 시간 속(褪せる時のなか)」이라는 시에서 5·18 광주민주항쟁의 역사적 현장으로부터 자신이 멀리 떨어져 있는 것으로 인해 느끼는 괴로움을 시적 화자는 다음과 같이 토로한다.

> 거기에는 내가 없다. / 있어도 상관없을 만큼 / 주위는 나를 감싸고 평온하다. / 일은 언제나 내가 없을 때 터지고 / 나는 나 자신이어야 할 때를 그저 헛되이 보내고만 있다. / (……) / 기억도 못 할 만큼 계절을 먹어치우고 / 터져 나왔던 여름의 내가 없다. / 반드시 그곳에 언제나 없다. / 광주는 진달래로 타오르는 우렁찬 피의 절규이다. / 눈꺼풀 안쪽도 멍해질 때는 하얗다. / 36년을 거듭하고서도 / 아직도 나의 시간은 나를 두고 간다.(そこにはいつも私がいないのである。/ おっても差しつかえないほどに / ぐるりは私をくるんで平靜である。/ ことはきまって私のいない間の出來事としておこり / 私は私であるべき時をやたらとやりすごしてばかりいるのである。/ (……) / おぼえてもないほど季節をくらって / はじけた夏の私がないのだ。/ きまってそこにいつもいないのだ。/ 光州はつつじと燃えて血の雄叫びである。/ 瞼の裏ですら痴呆ける時は白いのである。/ 三六年を重ね合わせても / まだまだやりすごされる己れの時があるのである。)[23]

---

23) 김시종, 김정례 역,「바래지는 시간 속」,『광주시편』, 푸른역사, 2014, pp.31-32.

이 시의 번역자인 김정례도 지적하고 있듯이, 역사적 현장에 주체적으로 참가할 때를 김시종은 "나는 나 자신이어야 할 때"로 표현하고 있다.24) 그리고 조국의 역사적 현장에 물리적으로 주체적 관여가 어려워 느끼는 거리감이 안타까움으로 표현되어 있다. 그런데 이러한 안타까움이 일제강점기라는 '36년' 간 반복되어온 지점으로 회귀하고 있는 표현은 주목할 필요가 있다.

『광주시편』으로부터 15년의 공백을 두고 1998년에 나온 시집『화석의 여름(化石の夏)』(海風社)에는 "고국과 일본 / 나 사이에 얽힌 / 거리는 서로 똑같다면 좋겠지"(「똑같다면」, p.155)와 같이 시적 화자가 고국과 일본으로부터 균형 잡힌 지점에 '재일'로서의 자신을 위치시키고 거리를 가늠하고자 하는 바람이 그려져 있다. 그러나 결국 어느 쪽으로부터도 늘 멀리 떨어져 있는 자신을 발견하게 된다.「여기보다 멀리(ここより遠く)」라는 시를 보자.

> 내가 눌러앉은 곳은 / 머언 이국도 가까운 본국도 아닌 / 목소리는 잦아들고 소망이 그 언저리 흩어져 버린 곳 / 애써 기어올라도 시야는 펼쳐지지 않고 / 깊이 파고들어도 도저히 지상으로는 내려설 수 없는 곳 / 그럼에도 그럭저럭 그날이 살아지고 / 살아지면 그게 생활이려니 / 해(年)를 한데 엮어 일 년이 찾아오는 곳(pp.162-163) (私が居ついたところは / 遠い異國でも　近い本國でもない / 聲はこごもり 願いはそこらで散ってしまっているところ / よじっても視界は展かれず / くぐってもとうてい地上とやらには下り立てないところ / それでいてなんとはなくその日がすごせて / すごせりゃあそれが　暮らしな

원문 인용은 pp.126-127.
24) 위의 책, p.82.

のだと / 年をからげて一年がやってくるところ)(p.194)[25]

　위의 시에서 보듯이, 『니이가타』에서처럼 한반도와 일본을 아우르며 공간을 확장해가는 상상으로서의 '재일'의 적극적 의미 표명을 놓고 보면, 상대적으로 기운이 빠져 있는 시인의 내면을 발견할 수 있다. 민주 항쟁이 일고 있는 조국에 주체적으로 관여할 수 없는 현재의 자신의 위치는 거리감이 분명 있는데, 그렇다고 완전히 벗어나지도 못하고 시간이 멈추어버린 채 늘 같은 곳으로 되돌아오는 시인의 모습이 그려져 있다. 늘 같은 곳으로 회귀하며 '화석'처럼 굳어져버린 시공간은 무엇을 의미하는가. 「돌아가리(歸る)」라는 시를 보자.

　　길들여 익숙해진 재일(在日)에 머무는 자족으로부터 / 이방인인 내가 나를 벗어나 / 도달하는 나라의 대립 틈새를 거슬러 갔다 오기로 하자(p.172) (狎れてなじんだ在日の居つくだけの自足から / 異邦人の私が私を脱けて / 行きつく國の對立のあわいを遡ってくるとする)(p.210)

　재일 사회도 풍화를 거스르지 못하고 타성화되어가는 현실 속에서 정체된 '재일'의 의미를 깨보려고 하는 시적 화자의 초조한 마음이 잘 전달되고 있다. 이후 김시종은 재일문학의 원점으로 시점을 돌려놓는 시들을 시집 『잃어버린 계절(失くした季節)』(藤原書店, 2010)에 수록했다. 이 시집에서 그려지는 사계는 그 순서가 여름, 그리고 가을, 겨울, 봄으로 이어지고 있다. 왜 여름이 계절의 시작에 놓여 있는가? 「여름」이라

---

25) 『화석의 여름』에 수록된 시의 인용은 김시종, 유숙자 역, 『경계의 시』(小花, 2008)에 의한 것이고, 원문 인용은 磯貝治良, 黒古一夫編, 앞의 책에 의한 것임. 이하, 본문에 인용한 쪽수만 표기함.

는 시를 보자.

> 소리 지르지 않고 / 질러야 할 소리를 / 깊숙이 침잠시키는 계절.
> // 생각할수록 눈이 어두워져 / 고요히 감을 수밖에 없는 / 웅숭깊은
> 계절. // 누구인지는 입 밖에 내지 않고 / 몰래 가슴에 품어 / 추모하
> 는 계절. // 소원하기보다는 소원을 숨기어 / 기다리다 메마른 / 가
> 뭄의 계절. // 옅어진 기억이 투명해질 때 / 땀범벅으로 후끈거리는
> / 전화(戰火)의 계절. // 여름은 계절의 시작이다. / 그 어떤 빛깔도
> 바래지고 마는 / 하얗게 튀어 오르는 헐레이션의 계절이다.26)

사계절의 시작에 '여름'이 놓인 것은 우선 1945년 여름의 해방을 기점
에 놓고 있는 것을 상징한다. 너무 강한 빛이어서 주위를 부옇게 만들
어버리고 마는 강력한 이미지로 표현되어 있다. 강렬하지만 너무 짧았
던 해방의 기쁨, 그리고 이어진 해방기의 혼란. 그리고 4·3항쟁과 한
국전쟁으로 이어지는 시간을, 소리도 지르지 못하고 침잠해간 기억과
그 속에서 목마르게 기다리던 것들이 끝내 전쟁의 불길로 사그라지고
만 여름으로 시인은 표현하고 있다. 이런 여름이 빛이 바래고 어느새
아득히 오래 전에 잃어버린 계절이 되어 잊혀져가는 현상을 "어깨를 움
츠리고 / 선풍기에 날리는 여름 바람처럼 여름이 사라져 갈 뿐이다"고
시인은 탄식하고 있는 것이다.(「잃어버린 계절」)

강력했던 해방의 기억과 이후에 내면으로 침잠해간 기억들, 그리고
소실로 이어지는 시간은 김시종이 일본으로 건너가 재일로서의 삶을 시
작하기 전후의 상황을 회고하고 있는 것처럼 보인다. 즉, 첫 시집 『지

---

26) 시의 인용은 유숙자, 「'경계' 위의 서정-在日시인 김시종(金時鐘)의 사시(四時)시집
『잃어버린 계절』」, 『서정시학』 23권 3호, 서정시학, 2013.8, pp.75-76.

평선』(1955) 이래 추구된 확장된 공간으로서의 '재일'의 실존적 의미가 1980년대를 지나면서 주체적으로 관여할 수 없는 거리감으로 느껴졌을 때, 시인은 화석처럼 굳어버린 1945년 여름을 불러내어 '재일'의 원점으로 다시 돌아갈 것을 환기시킴으로써 풍화되지 않는 '재일'의 의미를 되묻고 있다. 이와 같이 김시종의 시에 표현된 공간성의 표현은 '재일'로 살아가는 실존적 삶과 의미 확장을 보여줌과 동시에, '재일'의 근거가 해방의 시점에 근원적으로 닿아 있음을 보여주고 있는 것이다.

III. 조선과 일본에 사는 김시종

1. 식민과 분단을 사는 '재일'의 의미

이 글은 재일코리안 김시종의 『장편시집 니이가타(長篇詩集 新潟)』(1970)에 표현된 시적 표현을 통해, 식민 이후와 분단의 시대를 살아가는 '재일(在日)'의 의미를 생각해보고자 한 것이다.

김시종(金時鐘, 1929.12.8.~) 시인은 2015년에 내놓은 자전적 에세이 『조선과 일본에 살다─재일시인 김시종 자전(朝鮮と日本に生きる─濟州道から猪飼野へ)』(岩波新書)에서 지금까지 살아온 자신의 생애를 되돌아보며 그동안 봉인해둔 기억을 조심스럽게 들춰내고 있다. 김시종은 함경도 원산에서 태어나 제주도에서 유년시절을 보냈고, 중학생이 되어서는 전라도 광주에서 지내며 소위 '황국소년'으로 길러졌다. 이러한 그가 17세 광주사범학교 재학 중에 맞이한 해방은 그를 당혹시키기에 충분했다. 일제강점기 동안 자신의 의식의 밑바탕을 만들어낸 언어는 일본어였고, 일본의 노래를 부르며 7·5조의 일본적 운율에 길들여 자랐기 때문에, 어느 날 갑자기 조선어로 말하고 생각하라고 한들 서정의 규범으로 자리 잡은 일본식 리듬감이 쉽게 전환되기는 어렵기 때문이다. '나의 식민지', '나의 해방', 그리고 '나의 일본어'와 같이 김시종이 기억 속에서 토해내는 '일본'은 자신의 몸속으로 스며들어 배어나오는 응어리진 회한의 흔적이다. 그렇기 때문에 그의 모든 기억은 1945년 여름을 기점(起點)으로 소환된다.

자신의 이야기를 꺼내자면 역시 생애를 가른, 그렇다기보다 하늘
이 뒤집힌 여름의 기억에서부터 시작됩니다. 그 기억 속에는 생각해
본 적조차 없는 조국이 갑자기 소생했다는 8월 15일의, 저 산천을 뒤
흔들던 함성이 있고, 쫓겨서 숨어지낸 4·3사건의, 후끈한 열기에 물
크러진 시체의 참기 어려운 썩은내가 있고, 가까스로 도착한 오사카
의, 공복에 허덕이던 땡볕이 있습니다.

동족상잔이라 불리는 조선전쟁도 후덥지근한 여름에 일어났습니
다. 피로 얼룩진 고난으로 내몰리던 고향을 등지고 일본으로 도망친
자의 부채로서 민족단체의 상임활동가가 되어 삼반투쟁(반미, 반요
시다, 반이승만)에 분주했던 것 역시 한창 젊은 시절 한여름의 기억
입니다.[1]

위의 인용에서 보듯이, 김시종이 식민 이후와 재일의 삶을 걸어온 생
애에는 늘 여름의 기억이 있고 그 기억은 해방되던 해에서 시작하고 있
음을 알 수 있다. 그리고 "'해방'에 엄습당한 나"였다는 시인의 말대로 해
방을 맞이할 때까지 자신의 의식을 형성한 일본어는 "어둠 속에 갇힌
말"이 되어버리고, 식민지의 멍에를 푼 해방은 자신을 지배하던 "말과의
격투를 새롭게 부과한 날"이 되었다. 이후 해방기의 혼란과 제주 4·3사
건을 겪으며 남조선노동당의 당원이었던 김시종은 탄압을 피해 1949년
5월에 일본으로 밀항해 오사카의 이카이노에 정착했다. 이후, 현재에
이르기까지 그는 '재일'의 삶을 살고 있다.

이와 같이 김시종의 시 창작의 기점에는 조선에서 맞이한 해방의 여
름이 놓여 있는데, 그는 자신의 시 창작의 기점에 있는 또 다른 하나를
다음과 같이 이야기하고 있다.

---

1) 김시종 저, 윤여일 옮김, 『조선과 일본에 살다-재일시인 김시종 자전』, 돌베개,
   2016, p.17.

나를 묶고 있는 운명의 끈은 당연히 내가 자라난 고유의 문화권인
조선으로부터 늘어져있습니다. 그런데 지식을 한창 늘려야 할 나이
였던 내게 묶인 일본이라는 나라 역시 또 하나의 기점이 되어 나의
사념 안으로 운명의 끈을 늘어뜨리고 있습니다. 말하자면 나는 양쪽
끈에 얽혀, 자신의 존재 공간을 포개고 있는 자입니다. 일본에서 태
어나고 자란 세대들만이 '재일'의 실존을 기르고 있는 것이 아니라
일본으로 돌려보내진 나도 못지않게 '재일'의 실존을 양성하고 있는
한 명인 것입니다. 확실히 그것이 나의 '재일'임을 깨닫습니다. 일본
에서 정주한다는 것의 의미와 재일조선인으로서의 존재 가능성을
파고들도록 이끈 '재일을 산다'라는 명제는, 이리하여 나에게 들어앉
았습니다.2)

김시종이 말하는 '조선'은 남과 북을 통틀어 일컫는 민족명으로서의
총칭으로, 분단 이전의 혹은 분단을 뛰어넘는 개념이다. 위의 인용에서
주목할 점은 김시종이 자신의 시 창작의 기점에 조선의 해방이라는 축
외에, '일본'을 또 하나의 기점으로 자리매김하고 있다는 사실이다. 김
시종은 해방 이후에 일본으로 건너왔지만, 결국 일본으로 돌려보내진
존재라는 점에서 자신도 '재일'의 실존을 갖고 있다고 하면서, 자신을
조선과 일본 "양쪽 끈에 얽혀, 자신의 존재 공간을 포개고 있는 자"라고
말하고 있다. '재일'을 조선과 일본의 두 공간을 포개고 있는 존재로 정
위(定位)하는 것은 종래 양자 사이의 틈바구니에 끼어 정체성의 혼란을
느끼는 존재로 '재일'을 파악한 것과는 분명 다른 관점을 제시하고 있다.
즉, 조선과 일본의 사이에 끼인 존재가 아니라, 양쪽을 아울러 포괄하
는 위치에 '재일'을 자리매김하고 있는 것이다.

---

2) 김시종, 앞의 글, p.234. 밑줄 인용자.

　　이와 같이 '재일'의 의미를 긍정적으로 전환시키고 있는 인식은 '재일을 산다'는 표현을 통해서도 확인할 수 있다. '재일(在日)'이라는 말에는 '일본에 산다'는 뜻이 들어 있으므로 '재일을 산다'고 하면 '산다'가 중복되는 셈이다. 따라서 '재일을 산다'고 할 때의 '산다'는 '일본에 산다'고 하는 것이 어떤 의미인지 파고들어 존재의 의미를 적극적으로 규명해내고자 하는 의지의 표명으로 생각해볼 수 있다. 김시종의 이러한 생각은 자신이 발을 딛고 서 있는 지점에서 재일의 실존적 삶을 살아내려고 한 의지를 표현한 첫 시집 『지평선(地平線)』(1955)에서부터 표출된다.[3]

　　그렇다면 김시종이 1945년 여름과 일본이라는 두 개의 축을 재일로서의 자신의 삶의 기점에 놓고 추구한 것은 무엇인가? 이 물음에 대한 해답을 분단의 현장에서 식민지 이후를 사유하고 있는 『장편시집 니이가타』(이하, 『니이가타』)를 통해 생각해보고자 한다.

2. 『니이가타』의 배경 및 구성

　　『니이가타』(構造社)는 1970년에 출판된 김시종의 세 번째 시집이다. 1955년에 첫 시집 『지평선』이 출간된 데 이어, 1957년에 두 번째 시집 『일본풍토기(日本風土記)』(國文社)가 나온 뒤 13년이 지난 뒤에 출간된 것이다. 『일본풍토기』에서 『니이가타』가 나오기까지 상당한 시간이 걸린 데에는 사정이 있었다. 일본공산당이 지도하던 재일본조선통일민주주의통일전선(민전)이 1955년에 조선인총연합회(총련)로 바뀌면서 조선민

---

3) 김계자, 「김시종 시의 공간성 표현과 '재일'의 근거」, 『동악어문학』 67집, 2016.5, p.185.

주주의인민공화국의 직접적인 지도하에 들어가게 되었다. 이후, 김일성이 신격화되고 민족 주체성이 강조되는 등 사상적 규제가 심해졌다. 또 작품을 일본어가 아닌 조선어로 써야 한다는 지시 속에, 일본어로 창작하고 있던 김시종은 창작 언어를 둘러싸고 조직의 거센 비판을 받았다.

당시 김시종은 문학을 통해 오사카의 조선인을 결집시키려는 목적으로 1953년 2월에 서클 시지(詩誌) 『진달래(ヂンダレ)』를 창간해 활동하고 있었다. 서클운동은 1950년대 일본 전체에서 활발했던 문화운동으로, 전문적인 문인이 아닌 아마추어가 창작 활동을 통해 운동의 기반을 넓혀가도록 하는 소비에트의 문화정책 방법에서 나온 것이다. 『진달래』는 오사카의 재일조선인들이 시 창작을 통해 자신들의 주장을 일본사회에 표출했던 매체가 되었다. 그런데 김시종과 총련 조직과의 갈등 속에서 결국 『진달래』는 1958년 10월에 제20호를 끝으로 해산되고 만다. 김시종은 「장님과 뱀의 억지문답(盲と蛇の押し問答)」(『진달래』 18호, 1957.7)이라는 논고를 통해 재일 세대의 독자성을 제거하려는 총련의 권위적이고 획일적인 의식의 동일화 요구에 맞섰으나, 나쁜 사상의 표본으로 지목되어 비판과 지탄에 시달려야 했다. 김시종은 당시의 일을 다음과 같이 회상하고 있다.

돌이켜보면 『진달래』는 내가 일본에서 살아가는 데 결정적인 계기를 가져다준 시지였습니다. 경위는 뒤에서 말하겠지만, 어느 날 갑자기 민전을 대신한 조선총련이 북조선 일변도로 방향을 잡자마자 사상악(思想惡)의 본보기로 『진달래』를 비판합니다. 이것은 곧 김시종에 대한 조직적 비판이기도 했는데, 만약 그 비판에 시달리지 않았더라면 나는 가장 먼저 북조선으로 돌아갔을 사람입니다. 그 『진달래』 덕분에 정인, 양석일, 고형천 같은 생애의 벗과도 만날 수 있었고,

'재일을 산다'라는, 일본에서 살아간다는 명제에도 이를 수 있었습니
다. 일본이라는 '한곳'을 같이 살고 있는 재일조선인의 실존이야말로
남북대립의 벽을 일상차원에서 넘어서는 민족융화를 향한 실질적인
통일의 장이라는 것이 '재일을 산다'는 내 명제의 요지입니다.[4]

김시종이 현재 자신이 발을 딛고 서 있는 위치에서 재일의 실존적 의
미를 찾고자 자신을 재일 2세대로 규정하고[5], 재일 세대의 독자성을
강조한 것은 첫 시집『지평선』에서부터 잘 드러나 있다. 그렇기 때문에
운동의 지도부가 북한 조직으로 바뀐 이후의 획일화된 동질화 요구에
순응할 수 없었고, 조직의 거센 비판을 받게 된 것이다. 위의 인용에서
도 보듯이, 김시종은 남북대립을 넘어 민족융화의 장에 '재일'의 실존적
의미를 부여하고 있었기 때문에, 그의 창작은 재일의 독자성이 담보되
는 공간이어야 했다. 그런데 사상적으로 규탄 받고 언어표현도 조선어
가 강요되는 상황에서 그의 자율적인 표현행위는 가로막힌 것이다. 이
러한 상황에 더해 애초에 세 번째 시집으로 예정되어 있었던『일본풍토
기Ⅱ』의 원고가 분실되고 출판이 중단되는 등, 창작활동 자체가 어려운
상황이었다. 이러한 이유로 시집『니이가타』는 1959년 북한으로의 귀
국운동이 한창이던 시기에 시집의 대부분을 완성해 놓고도 출간까지 10
년의 시간이 걸린 것이다. 김시종은『니이가타』출간을 총련 조직에 자
문하지 않고 자체적으로 세상에 내놓게 된다.
　1959년 12월에 북한으로 귀국하는 첫 배가 니이가타 항에서 출항할
때, 조직의 비판을 받고 있던 김시종은 귀국선에 탈 수도 없었고 일본

---

4) 김시종, 앞의 글, p.262.
5) 金時鐘,「第二世文学論—若き朝鮮詩人の痛み—」,『現代詩』, 1958.6.

에 발이 묶인다. 당시 북한은 김일성 유일 지도 체제가 확립되었고, 재일 사회에서도 총련의 지도하에 북한이 사회주의 조국으로 추앙받아 북한으로 귀국을 희망하는 사람들이 많았다. 1959년 12월 14일 니이가타항에서 귀국선이 첫 출항한 이래 본격적인 북송 귀국 사업이 시작되어, 1984년까지 9만 3,340명이 북한으로 귀국했다.6) 북한으로의 집단 귀국은 그야말로 '꿈'이었던 것이다. 김시종도 귀국선을 타고 북한으로 가고 싶은 마음도 있었지만, 북한 조직과의 갈등이 첨예화되던 때여서 북한으로의 귀국은 실행되지 않았다. 이에 혼자서라도 일본에서 38도선을 넘고 싶다는 발상이 시 창작으로 이어진 것이라고 술회하고 있다.

> 조선반도를 남북으로 가르는 분단선인 38도선은 동으로 늘리면 일본 니이가타시의 북쪽을 지납니다. 지리적으로는 니이가타를 북으로 빠져나오면 '38도선'을 넘을 수 있는 것입니다. 그렇다면 어디로 갈 것인가? 라는 궁극적인 물음이 38도선을 넘은 나에게 남습니다. 모든 표현행위가 가로막힌 나로서는 그저 일본에 남아 살아갈 수밖에 없는 자신의 '재일'의 의미를 스스로 밝혀가야만 하는 입장에 처했습니다. 말하자면 장편시집 『니이가타』는 살아남았던 일본에서 다시금 일본어에 매달려 지내지 않을 수 없는 나의 '재일을 산다'는 의미를 스스로에게 계속 되물었던 시집이기도 합니다.7)

남북 분단을 막는 데 뜻을 같이 한 조국에서의 4·3의 좌절과 밀항, 그리고 일본에서 다시 북한 조직과의 갈등 속에서 분단은 김시종이 넘을 수 없는 선이었다. 그러나 김시종은 발상의 전환을 한다. 38도선의

---

6) 윤건차 지음, 박진우 외 옮김, 『자이니치의 정신사』, 한겨레출판, 2016, p.404.
7) 김시종, 앞의 글, p.269.

동쪽 연장선상에 위치한 니이가타에서 북한으로 출항하는 귀국선을 바라보며 혼자서라도 분단을 넘는 상상을 하고 있는 것이다. 그것이 바로 일본에 남아 일본어로 표현하며 '재일'을 살아가는 의미임을 시인은 자신에게 되묻고 있다.

이와 같이 『니이가타』에는 1950년대 말의 시대적 상황 속에서 분단 시대를 살아가는 김시종의 단상(斷想)이 단속적(斷續的)으로 이어지고 있다. 한반도와 일본이 얽히는 일제강점기부터 남북 분단의 갈등이 고조되는 1950년대 말의 북한 귀국 현장에 이르기까지의 과정을 되돌아보며 중층적으로 얽혀 있는 여러 기억들을 시집에 담고 있는 것이다.

『니이가타』는 전체 3부 구성으로, 각 부는 다시 네 개의 장으로 이루어져 있다. 전체의 내용을 개괄하면 다음과 같다. 제1부 「간기의 노래(雁木のうた)」는 4·3사건 이후에 일본에 건너온 때부터 한국전쟁, 그리고 니이가타의 귀국센터에 이르는 도정을 그리고 있다. 제2부 「해명 속을(海鳴りのなかを)」은 일제에 의한 강제징용으로 조선 민족이 일본으로 건너간 역사부터 해방 후에 우키시마마루(浮島丸) 사건이나 4·3사건 등 바다울음 속을 떠돌고 있는 시인 자신과 조선 민족의 운명을 노래하고 있다. 제3부 「위도가 보인다(緯度が見える)」는 니이가타에서 귀국선을 타고 북한으로 돌아가는 사람들을 바라보며 일본에 남을 것을 결심하는 시적 화자의 심경이 그려져 있다.

이상의 개략에서 알 수 있듯이, 『니이가타』는 식민과 분단의 시대를 지나 '재일'로서의 삶을 살아가는 조선 민족의 장대한 역사가 서사적으로 전개되는 장편 시집이다. 그리고 이 시의 주인공은 영웅이 아니다. 시적 화자 개인을 포함한 '재일'을 구성하는 민중이다. '재일'이라는 집단의 수난과 저항의 역사가 이야기로 표출되는 공간이며, 이미지로 상상되는 표현 공간이다. 그렇기 때문에 시인은 인간 대신 '지렁이'라는 메타포를 사용하여 표현한다. 그리고 조선 민족의 장대한 역사가 전개되는 공간에서 '지렁이'가 '한 사내'로 변형(metamorphose)되어 인간으로 부활하는 극(劇)이 일어난다. 따라서 시의 내용은 '재일'의 역사이면서 동시에 존재론적인 지평으로 전개된다. 시의 내용을 구체적으로 살펴보자.

3. 공간 확장의 상상력

『니이가타』의 시 세계는 실체화를 부정하고 상징과 비유의 표현을 통해 관념적으로 인식되는 세계이다. 이러한 인식에 도달하기 위해 시적 화자는 기존의 것을 버리고 새로운 '길'을 모색해야한다고 노래한다. 제1부 「간기의 노래」의 모두(冒頭) 부분을 살펴보자.

눈에 비치는 / 길을 / 길이라고 / 결정해서는 안 된다. / 아무도 모른 채 / 사람들이 내디진 / 일대를 / 길이라 / 불러서는 안 된다. / 바다에 놓인 / 다리를 / 상상하자. / 지저(地底)를 관통한 / 갱도를 / 생각하자. / 의사(意思)와 의사가 / 맞물려 / 천체마저도 잇는 / 로켓 / 마하 공간에 / 길을 / 올리자. / 인간의 존경과 / 지혜의 화(和)가 / 빈틈없이 짜 넣어진 / 역사(歷史)에만 / 우리들의 길을 / 열어두자. / 그곳을 통과하지 않으면 안 된다.(1-1, pp.21-22)[8]

目に映る／通りを／道と／決めてはならない。／誰知らず／踏まれてできた／筋を／道と／呼ぶべきではない。／海にかかる／橋を／想

---

[8] 김시종, 곽형덕 역, 『김시종 장편시집 니이가타』, 글누림, 2014, pp.21-22. 이하, 『니이가타』 본문 인용은 장절 번호와 쪽수만 표기한다. 그리고 상징적인 시어가 많기 때문에 시의 이해를 돕기 위해 일본어 원문도 병기한다.

像しよう。／地底をつらぬく／坑道を／考えよう。／ロケットの／
マッハの空間に／道を／上げよう。／人間の尊厳と／知恵の和が／
がっちり組みこまれた／歴史にだけ／ぼくらの道は／あけておこう。
／そこを通らねばならない。

'간기(雁木)'는 적설량이 많은 니이가타 현 등에서 처마에 차양을 달아 길을 덮어 보행자가 통행할 수 있게 만든 장치인데, 위에서 보면 처마 모양이 기러기의 행렬처럼 보여 붙여진 말이다. 니이가타 항에서 출항하는 귀국선 행렬에 기러기 떼가 연이어 날고 있는 듯한 간기의 길을 중첩시켜, 시적 화자가 놓인 처지와 상반되게 고향으로 돌아가는 기러기의 이미지가 조국에 대한 그리움을 잘 표현해주고 있다.

김시종은 4·3사건으로 정부 당국에 쫓겨 망명한 신분이기 때문에 한국으로 돌아갈 수 없었고, 또 북한 조직과 갈등을 일으키고 있는 상황이었기 때문에 북으로 가는 것도 용이하지 않았다. 그래서 "눈에 비치는 길", 즉 기존의 통상적인 길이 아닌 새로운 길을 찾아야 했다. 과거의 길은 "일제(日帝)에 의해 / 고역(苦役)을 강요당했던 / 그 길"이고, "내 과거에 / 길은 없었다"고 말하고 있다. 이에 반해, 새로운 길은 '역사'를 포함한 길이면서 "바다에 놓인 / 다리"이며 "지저를 관통한 / 갱도", "마하 공간에 / 길"을 올려 공간을 횡단하는 상상의 길이다. '다리'와 '갱도'라는 시어는 두 곳을 연결해 이어준다는 의미를 갖고 있는데, 바다나 어둠에 가로막힌 공간을 이어 건너편에 닿고자 하는 시적 화자의 간절함을 담고 있다.

오세종은 '길'이 한편에서는 '나'의 고유성을 빼앗아 다른 것으로 변신시키는 폭력의 상징으로 그려져 있고, 또 한편에서는 그와 같은 '길'에 대해 물음으로써 마땅히 있어야 할 '길'에 대해 생각하고 있는 이중적 의미로 쓰이고 있다고 하면서, 이렇게 '길'을 변질시키기 위해서 김시종이 사용하고 있는 방법이 바로 '변신'이라고 논했다.[9) 오세종이 말하는 폭력의 상징으로서의 '길'이 과거의 역사가 걸어온 통상적인 것이라고 한다면, 마땅히 있어야 할 '길'이 바로 상상을 통해 새롭게 의미가 부여되는 공간일 것이다. 이러한 인식의 변화를 가져오는 방법이 '변신'이라고 논하는 점은 흥미로운 지적이다. 그런데 이 글에서는 '변신'을 통해 새로운 공간으로 나아간다는 해석보다 '니이가타'라는 장소성에 주목한다. 가로막힌 공간을 잇고 그 지점에서 새로운 공간으로 확장되는 시적 화자의 '상상'이 집결되고 있는 곳이 바로 시적 화자가 서 있는 니이가타라는 공간이다. '니이가타'라는 공간은 공간 확장의 상상을 보여주는 장소성으로 기능하고 있다.

눈에 보이는 길이 막힌 '나'는 야행성 동물로 변신해 "백주의 활보보다 / 날뜀을 간직한 / 원야(原野)가 / 보여주는 밤의 / 배회"를 한다. 이와 같이 정해진 길을 부정하고 새로운 상상의 길을 찾는 화자의 의식은 인위적이지 않은 원시림 속에 묻혀있던 기억과 조우하는 것에서 시작한다. 김시종은 세상에 나아가려고 한 첫 시집『지평선』의「서(序)」에서 밤을 희구하는 노래를 불렀는데, '밤'은 김시종의 시 창작의 기점부터 나온 키워드이다. 내면화된 일본어로부터 자신을 끊어내고 '태양(천황)'을 부정하며 새로운 인식의 지평에 도달하고자 '밤'이라는 장치를 불러들였다.[10)『니이가타』에서도 '밤'은 '백주'를 능가하는 거친 생명력을 가

---

9) 呉世宗,「リズムと抒情の詩学 : 金時鐘『長篇詩集　新潟』の詩的言語を中心に」, 一橋大学博士論文, 2009, p.165.

10) 김계자,「재일조선인 김시종의 밤을 기다리는 노래」,『근대 일본문단과 식민지

진 원시림의 공간과 어우러져 약동감 있는 세계를 만들어 내고 있다. 이렇듯 『니이가타』의 시세계는 거칠고 광활한 공간으로 약동하는 새로운 길을 상상하는 것에서 시작하고 있다.

　나는 결국 / 지렁이가 되었다. / 밝은 빛에 대한 / 두려움은 / 태양마저도 / 질식해 / 그늘에 사는 자로 바꿔놓았다. / 그 후 / 나는 / 길을 갖지 못했다. / (중략) / 나는 선복(船腹)에 삼켜져 / 일본으로 낚아 올려졌다. / 병마에 허덕이는 / 고향이 / 배겨 낼 수 없어 게워낸 / 하나의 토사물로 / 일본 모래에 / 숨어들었다. / 나는 / 이 땅을 모른다. / 하지만 / 나는 / 이 나라에서 길러진 / 지렁이다. / 지렁이의 습성을 / 길들여준 / 최초의 / 나라다. / 이 땅에서야말로 / 내 / 인간부활은 / 이뤄지지 않으면 안 된다. / 아니 / 달성하지 않으면 안 된다.(1-1, pp.30-33)

　ぼくはとうとう／みみずとなった。／明りへの／おののきは／太陽までを／いみきらう／日陰者に作りかえたのだ。／それ以來／ぼくは／道をもたない。／（中略）／ぼくは船腹に呑まれて／日本へ釣りあげられた。／病魔にあえぐ／故鄕が／いたたまれずにもどした／嘔吐物の一つとして／日本の砂に／もぐりこんだ。／ぼくは／この地を知らない。／しかし／ぼくは／この國にはぐくまれた／みみずだ。／みみずの習性を／仕込んでくれた／最初の／國だ。／この地でこそ／ぼくの／人間復活は／かなえられねばならない。／いや／とげられねばならない。

　어둠 속에서 서식하는 '지렁이'는 시적 화자인 '나'의 메타포로, 4·3사건 후에 제주도에서 일본으로 밀항한 이래 음지의 생활을 해야만 했던

_____

조선』, 역락, 2015, pp.196-204.

시인의 처지를 상징적으로 보여주고 있다. '지렁이'로 변신한 '나'는 다시 인간으로 부활할 것을 바라고 있는데, 주의할 점은 '이 땅', 즉 현재 살고 있는 일본에서 이를 달성할 것을 바라고 있다는 사실이다. 김시종이 자신을 재일 2세로 규정하고 자신이 서 있는 지점에서 재일의 실존적인 삶을 추구하고 있는 모습을 확인할 수 있는 대목이다. 그렇다면 조국에서 쫓겨 흘러들어와 습지에서 서식하고 있는 자의 인간 부활은 어떻게 가능한가?

> 오로지 / 동북(東北)을 향해서 / 지표(地表)를 기어 다녔다. / 아크 등을 / 무서워하며 / 지층의 두께에 / 울었던 / 숙명의 위도(緯度)를 / 나는 / 이 나라에서 넘는 거다. / 자기 주박(呪縛)의 / 밧줄 끝이 늘어진 / 원점을 바라며 / 빈모질(貧毛質) 동체에 피를 번지게 하고 / 몸뚱이채로 / 광감세포(光感細胞)의 말살을 건 / 환형(環形)운동을 / 개시했다.(1-1, p.33)
>
> ひたすら／アーク灯に／おびえ／地層の厚みに／泣いた／宿命の緯度を／ぼくは／この國で越えるのだ。／自己呪縛の／綱のはしがたれている／原点を求めて／貧毛質の胴体に血をにじませ／体ごと／光感細胞の抹殺をかけた／環形運動を／開始した。

"숙명의 위도"는 38도선의 남북분단을 가리킨다. 전술했듯이, 김시종은 남북을 찢고 있는 분단선인 38도선을 동쪽으로 연장하면 일본 니이가타 시의 북쪽을 통과한다고 하면서 본국에서는 넘을 없었던 남북분단을 일본에서 넘는다는 발상의 전환을 하고 있다. 조국이 남북으로 분단되는 것을 막기 위해 활동했지만 이루지 못하고 일본으로 건너온 시적 화자는 분단의 연장선상에 있는 니이가타에서 분단을 넘는 상상을 하고 있는 것이다. 이것이 바로 자신에게 걸려있는 주박을 푸는 길이며, 습지에 서식하는 미물에서 인간으로 부활할 수 있는 길이라고 이야기하고 있다. 시인이 현재 처한 상황을 감안하면 통상의 길로는 분단을 넘을 수 없다. 남북 분단의 위도 위에 서 있는 귀국센터야말로 분단의 상징이며, 이곳에서 북으로 귀국하는 모습은 분단을 넘는 의미로 해석될 수 있다. 즉, 본국에서는 넘을 수 없는 분단이 일본에 있기 때문에 오히려 가능한 역설이 일어나고 있는 것이다.

이 지점에서 일본으로 밀항한 자신의 부(負)의 측면이 오히려 기존에 없던 새로운 길을 열어가는 가능성으로서 부상한다. 호소미 가즈유키는 "'지렁이'는 촉각에만 의지하여 땅속 깊은 곳을 파고들며 나아가는 '습성'으로 인해, 표층(表層)에서는 결코 이룰 수 없는 월경을 홀로 실현시킬 수 있"다고 하면서, "식민지 지배하의 조선에서 일본이 강요한 '지렁이'라는 부(負)의 실존은 바로 그 일본에서 저 위도를 넘는 어려운 과제에 직면할 때, 오히려 압도적인 우위성으로 전환된다"고 하고 있다.[11]

그런데 '지렁이'라는 메타포는 중간에 '거머리'로 표상되기도 하는데, 습지에 서식하는 네거티브한 존재로 표상되는 '나'가 비단 일제강점기에 식민지 조선인이 겪어야 했던 처지만을 이야기하고 있는 것은 아닐 터이다. 해방이 되었음에도 불구하고 과거에 굴종을 강요했던 일본에서 다시 망명자의 삶을 살아가야하는 사실을 포함하고 있으며, '지렁이'의 습성이 우위성으로 전환된다기보다, '월경'을 인정한다 하더라도 그것은 '재일'의 삶이 갖고 있는 의미의 확장에서 비롯된 것으로 보는 것이 타당하다. 왜냐하면 식민과 분단은 이어져 있으며 이 과정에서 망명자의

---

11) 호소미 가즈유키, 『디아스포라를 사는 시인 김시종』, 어문학사, p.114.

삶을 살게 된 시적 화자가 인식의 발상을 전환시키고 있는 것은 호소미가 말하는 습성 같은 것이 아니라, 일본 니이가타에 서서 한반도를 바라보는 공간 상상력에 의한 것이기 때문이다. 제1부 첫머리에서 새로운 길의 상상을 노래하고 있는 것도 같은 맥락에서 생각해볼 수 있다. 이는 '월경'이라기보다 '확장'된 공간의 상상력이다. 한반도와 일본열도를 포괄하는 위치에서 '재일'의 삶을 살기 때문에 비로소 가능해지는 발상의 전환을 보여주고 있다.

그런데 제1부의 말미에 "바다를 / 도려내야만 / 길이다!"고 하고 있는 것처럼, 새로운 길의 상상은 심해에 묻어둔 기억을 떠올리는 것에서부터 착수하지 않으면 안 된다. 심층에 묻어둔 기억을 떠올리는 것은 그동안 침묵해온 과거의 자신과 만나는 과정이며, 여전히 술회가 쉽지 않은 자신을 발견하는 도정이기도 하다.

4. 기억을 말하는 것

김시종이 자신의 체험, 특히 4·3사건에 관련된 기억을 자전적으로 이야기하기 시작하는 것은 2000년대에 들어와서의 일로, 극히 최근의 일이다. 시집 『니이가타』에서도 이야기는 하고 있지만 상징화된 표현과 분절화된 형식을 취하고 있기 때문에 그 의미를 파악하는 것이 쉽지 않다. 당국에 쫓겨 밀항선을 타고 도일한 그로서는 해방기의 일을 드러내놓고 평이하게 이야기할 수 없었을 것이다. 더욱이 『니이가타』를 집필해 세상에 내놓은 1950년대 말부터 1970년까지의 시기는 한국전쟁을 비롯해 남북의 대립이 최고조에 달했고, 이는 다시 재일 사회에 고스란히 영향을 주고 있었다. 당시 조선적을 갖고 있던 김시종이 사상과 표현을 둘러싸고 북한 조직과 갈등을 일으키고 있던 때이기 때문에, 정치적 망명자의 술회가 용이하지 않았음은 짐작하고도 남는다.

전술한 김시종의 자전은 일제강점기의 유년시절부터 1998년 10월에 임시여권을 발급받아 49년만에 제주도를 찾아오기까지의 기억을 술회하고 있는데, 유년시절의 이야기에 비하면 해방 이후 일본에 건너오기까지의 과정은 분량이나 서술의 심급에 있어 제한되고 주저하는 심리를 읽을 수 있다. 필생의 작업으로 4·3사건을 써온 김석범과 달리, 김시종은 언어를 압도하는 현실 앞에서의 무력감과 망명자로서의 삶 속에서 과거의 기억을 쉽게 쓸 수 없는 자신을 발견한다. 김시종은 광주 5·18 민주항쟁이 일어났을 때의 단상을 엮은 『광주시편(光州詩片)』(1983)에 대해 "4·3사건과의 균형이 없었다면 쓸 수 없었"다고 하면서, "권력의 횡포를 규탄하는 것이 주안이 아니라 그 '사건'과 맞서는 자신의, 생각 밑바닥의 아픔을 바라보"고 싶었다고 이야기하고 있다.[12]

김시종에게 4·3사건의 기억은 의식의 심연에 묻어둔 자신의 아픈 과거와 만나는 것이고, 그 과거는 일제시대에 황국소년으로서의 삶을 살다 맞이한 해방의 당혹감에서 시작되어 망명과 재일의 삶으로 이어지고 있다. 그래서 그의 기억은 해방 직후와 4·3사건, 그리고 이후의 일들이 중층적으로 얽혀 상기된다.[13]

---

[12] 김석범·김시종 저, 문경수 편, 이경원·오정은 역, 『왜 계속 써왔는가 왜 침묵해 왔는가』, 제주대학교출판부, 2007, p.157.

[13] 박광현은 집합적인 복수의 기억들과 김시종 개인의 기억을 '니가타'라는 기호가 매개해 두 가지의 서사가 병행하며 복잡성을 띠고 있다고 설명하고 있다(박광현, 「귀국사업과 '니가타'-재일조선인의 문학지리」, 『동악어문학』 67집, 2016.5, p.220).

기억을 환기시키려는 시적 화자의 의지가 강하게 배어나면서도 기억의 내용은 상징적이고 표현이 분절되어 있는 데다, 시간의 흐름을 따르지 않고 기억이 복잡하게 얽혀 있어 그 의미를 명료하게 풀어내는 일이 쉽지 않다. 그러나 중요한 점은 상징과 비유, 그리고 분절화된 표현을 통해서밖에 표출시킬 수 없는 시적 화자의 굴절된 내면과 상상에 오히려 특징이 있기 때문에, 본고에서는 관련 사실과의 대조 고찰보다 표현에 중점을 두고 의미를 분석하고자 한다.14)

김시종의 기억은 늘 1945년 8월의 시점에서 소환된다.

> 내가 / 가라앉은 / 환영의 / 팔월을 / 밝혀내자. / 때로 / 인간은 / 죄업 때문에 / 원시(原始)를 / 강요할 때가 있다. / 혈거를 / 기어 나오는데 / 오천년을 들인 / 인간이 / 더욱 깊숙이 / 혈거를 파야만 하는 / 시대를 / 산다. / 개미의 / 군락을 / 잘라서 떠낸 것과 같은 / 우리들이 / 징용(徵用)이라는 방주〔箱船〕에 실려 현해탄(玄海灘)으로 운반된 것은 / 일본 그 자체가 / 혈거 생활을 어쩔 수 없이 해야 했던 초열지옥(焦熱地獄) 전 해였다.(2-1, pp.87-88)
>
> ぼくが沈んだ/幻の/八月を/明そう。/時として/人間は/罪業のために/原始を/強いることがある。/穴ぐらを/這い出るのに/五千年をかけた/人間が/更に深く/穴ぐらを掘らねばならない/時代を/生きる。/蟻の/群落を/切りとったような/徴用という箱船に積まれて玄海灘を運ばれたのは/日本そのものが/穴居生活を余儀な

---

14) 『니이가타』에 표현된 상징적 의미에 대해 김시종의 생애와 증언을 토대로 주석을 붙인 아사미 요코(浅見洋子)의 논문 「金時鐘の言葉と思想 : 注釈的読解の試み」(大阪府立大学博士論文, 2013)은 시의 내용을 이해하는 데 매우 유용한 사실 관련 자료를 제공하고 있으나, 상징적 표현을 이해하기에는 제한된 자료인 경우가 많고 그 해석이 필자의 의견과 다른 경우가 많아 본고에서는 참고는 하되 의견을 수용하는 것은 신중을 기했다.

くされていた焦熱地獄の前の年であった。

"환영의 팔월"은 해방의 기쁨도 순간이고 바로 이어진 4·3사건 속에서 너무도 짧게 덧없이 끝나버린 안타까움을 표현하고 있다. 곰과 범이 사람으로 태어나기 위해서 환웅이 이르는 대로 동굴에 들어가 혈거 속에서 원시의 생명이 잉태되고 탄생했듯이, 강제징용으로 현해탄을 건너 일본으로 끌려와 전화(戰禍) 속에서 혈거 생활을 했던 기억을 상기시키며, 시적 화자는 침잠해있는 8월의 의미를 깨우고 있다. 분단의 시대를 살아가는 현재, 더욱 어둡고 습한 동굴 속으로 들어가 새로운 생명을 탄생시켜야 함을 강조하고 있는 것이다. 그것이 바로 "가라앉은 환영의 팔월을 밝혀내"는 것이고, '나'에게 주어진 사명인 것이다.

> 8월은 / 갑자기 / 빛났던 것이다. / 아무런 / 전조도 없이 / 해방은 / 조급히 서두르는 / 수맥처럼 / 동굴을 씻었다. / 사람이 / 물결이 돼 / 설레는 마음이 / 먼 가향(家鄕)을 향해 / 물가를 / 채웠다. / 미칠 것 같이 느껴지는 / 고향을 / 나눠 갖고 / 자기 의지로 / 건넌 적이 없는 / 바다를 / 빼앗겼던 날들로 / 되돌아간다.(2-1, pp.90-91)
> 八月は／突然と／光ったのだ。／なんの／前触れもなく／解放は／せかれる／水脈のように／洞窟を洗った。／人が／流れとなり／はやる心が／遠い家鄕目ざして／渚を／埋めた。／狂おしいまでの／故鄕を／分かちもち／自己の意志で／渡ったことのない／海を／奪われた日日へ／立ち歸る。

김시종은 해방을 조선에서 맞이했기 때문에 해방 후에 바다를 건너 일본에서 고향으로 돌아가는 체험을 한 것은 아니다. 즉, 위의 내용은 개인의 체험으로서가 아니라 징용에 의해 현해탄을 건너 일본으로 건너간 조선민족의 빼앗긴 시간을 환기시키고 있는 것이다. 혹은 자신의 의지에 반(反)해 바다를 건너온 의식 속에 철저한 황국소년이고자 했던 지나간 날들에 대한 탈취를 기도하는 의미로 생각해볼 수도 있다. 해방을 한반도에서 맞이한 김시종 자신의 개인적인 기억과 일본에서 맞이한 재일코리안 집단의 공적인 기억이 '팔월'의 시점에서 모아진다. '팔월'은 개인의 기억이 집단의 기억으로 전이되고 새롭게 구성되는 기제(機制)인 것이다.

1945년 8월은 재일코리안의 원점이다. 일제강점기의 기억은 이 시점에서 거슬러 오르고, 해방 후의 일은 이 시점에서 상기된다. 기억 환기의 기점(起點)인 것이다. 김시종이 시집 『잃어버린 계절(失くした季節)』(2010)에서 계절을 여름에서 시작해 가을, 겨울, 봄의 순서로 사계를 노래하고 있는 것도 기점은 역시 '팔월'이 될 수밖에 없음을 보여준다. 『니이가타』에서도 '팔월'을 기점으로 시인 자신의 유년시절의 기억을 떠올리고, 4·3사건, 한국전쟁에 이르기까지 모든 기억의 원점에 1945년 여름이 있다. 그리고 '해명(海鳴) 속을'이라는 2부 제목에서도 알 수 있듯이, 이러한 8월의 기억 한가운데에는 바다 깊은 곳에서 울려나오는 우키시마마루 사건의 성난 민중의 기억이 있다.

> 그것이 / 가령 / 환영(幻影)의 순례[遍路]라 하여도 / 가로막을 수 없는 / 조류(潮流)가 / 오미나토(大湊)를 / 떠났다. / 염열(炎熱)에 / 흔들리는 / 열풍 속을 / 낙지 항아리를 흡입해 다가오는 / 낙지처럼 / 시각을 / 갖지 못한 / 흡반(吸盤)이 / 오로지 / 어머니의 땅을 / 만지작거렸다. / 막다른 골목길인 / 마이즈루만(舞鶴湾)을 / 엎드려 기어 / 완전히 / 아지랑이로 / 뒤틀린 / 우키시마마루(浮島丸)가 / 어슴새벽. / 밤의 / 아지랑이가 돼 / 불타 버렸다. / 오십 물 길 / 해저에

/ 끌어당겨진 / 내 / 고향이 / 폭파된 / 팔월과 함께 / 지금도 / 남색
/ 바다에 / 웅크린 채로 있다.(2-1, pp.92-93)

　それが／たとえ／幻の遍路であろうと／さえぎりようのない／潮流
が／大湊を／出た。／炎熱に／ゆらぐ／熱風のなかを／蛸壺へ吸い寄
る／章魚のように／視覚をもたぬ／吸盤が／一途に／母の地を／まさ
ぐった。／袋小路の／舞鶴湾を這いずり／すっかり／陽炎に／ひずん
だ／浮島丸が／未明。／夜の／かげろうとなって／燃えつきたのだ。
／五十尋の／海底に／手繰りこまれた／ぼくの／歸鄉が／爆破された
／八月とともに／今も／るり色の／海に／うずくまったままだ。

　우키시마마루 사건은 강제징용 등에 의한 조선인 노무자와 그 가족
들 3,735명을 태우고 1945년 8월 22일에 아오모리(青森) 현 오미나토를
출발해 부산으로 향하던 귀국선이 보급을 위해 마이즈루만에 배를 세웠
다가 8월 24일 오후 5시 경에 폭침당한 사건을 가리킨다. 이 사건으로
신원이 확인된 사망자만 500명이 넘고, 나머지는 확인되지 않은 채 무
연고자로 처리되거나 인양되지 못하고 심해로 유실되었다. 시인은 '오
미나토'나 '마이즈루만', '우키시마마루'와 같이 고유명을 써서 당시의 사
건을 구체적으로 보여주고 있다.15) 그런데 폭침사건이 일어난 것은 오
후인데, 왜 "어슴새벽" "밤의 아지랑이가 돼 불타 버렸다"고 표현하고 있
는가?

　우키시마마루가 바다에 묻힌 집단의 기억은 4·3사건 때 바다에 묻힌

---

15) 조은애는 우키시마마루가 지닌 상징성을 이해하고 있지 않으면 시 전체를 온전히
　독해하기 힘들 정도로 『니이가타』의 시어들이 사건 및 그 발단지였던 노동현장을
　연상시키는 것들, 예를 들어 폭발, 구멍, 어둠, 바닷속, 시체, 유골, 배의 이미지로
　가득하다고 논하고 있다(조은애, 「죽음을 기억하는 언어-우키시마마루[浮島丸] 사
　건과 재일조선인, 혹은 전후 일본의 어떤 삶들」, 『상허학보』 47, 2016.6, p.58).

사람들과, 이후 일본으로 밀항할 때 바다의 어둠에 묻은 김시종 자신의 기억이 겹쳐있다. 집단의 기억이 개인의 기억으로, 그리고 개인의 기억이 집단의 기억으로 전이되는 곳에 바다의 어둠이 내려 앉아 있는 것이다. 시적 화자는 고향을 떠나 일본으로 올 때 자신을 살리기 위해 몰래 밀항 준비를 해준 아버지의 기억을 떠올린다.

> 가늠할 수 없는 / 바다에 / 웅크린 / 아버지의 / 소재(所在)에 / 바다와 / 융합된 / 밤이 / 조용히 / 사다리를 / 내린다. / 소년의 기억에 / 출항은 / 언제나 / 불길한 것이었다. / 모든 것은 / 돌아오지 / 않는 / 유목(流木)이다.(2-2, pp.95-96)
> 測りようのない／底へに／うずくまる／父の／所在へ／海と／溶けあった／夜が／しずかに／梯子を／下ろす。／少年の記憶に／船出は／いつも／不吉だった。／すべては／歸ることを／知らない／流木なのだ。

노령의 부모를 뒤로 하고 해방 후 일본으로 되돌아가는 귀환자들과 밀항선에 올라탄 화자의 기억 속에 바다는 고난과 공포의 어둠의 공간으로 인식되고 있다. 우키시마마루의 희생자와 4·3사건으로 학살된 시체가 가라앉아 있는 곳이며, 돌아올 수 없는 길을 가는 불길한 공간의 이미지가 바다의 어둠으로 그려지고 있는 것이다. 따라서 우키시마마루 폭침 사건을 새벽과 밤의 어둠으로 표현한 것은 시간상의 의미보다 바다의 심연에 묻혀 있는 진실의 실체를 이미지화한 것이라고 할 수 있다.

"밤의 / 장막에 / 에워싸여 / 세상은 / 이미 / 하나의 / 바다다(夜の／とばりに包まれた／世界は／もう／ひとつの／海だ)"(2-2, pp.100-101)라고 표현하고 있듯이, 밤의 바다에 떠오르는 시체는 우키시마마루 사건과 4·3사

건이 중첩되는 이미지를 만들고, 자신을 희생하면서 아들을 살릴 길을 찾은 아버지의 환영이 덮고 있다. 김석범은 김시종의 『니이가타』에 그려진 4·3사건 묘사에 대해 "뒤틀린 지맥과 같이 우울한 음영을 띠고" 있다고 말했다.16) 김석범이 직접 눈앞에서 사건의 현장을 목격하지 않고 나중에 전해들은 이야기에 기초해서 4·3사건에 대해 이야기하고 있기 때문에 오히려 계속 써낼 수 있었던 반면에, 김시종은 직접 사건에 관련되어 민중 학살의 진상을 목도했기 때문에 언어를 압도하는 현실의 무게가 뒤틀린 형태로밖에 표출되지 않고 있는 것인지도 모른다.

이제 심해의 어둠에 묻혀 있는 억압된 기억의 봉인을 풀 때라고 시인은 말한다.

> 이만 번의 밤과 / 날에 걸쳐 / 모든 것은 / 지금 / 이야기돼야 한다. / 하늘과 땅의 / 앙다문 입술에 뒤얽힌 바람이 / 이슥한 밤에 누설한 / 중얼댐을.(3-1, pp.131-132)
> 二万の夜と／日をかけて／すべては今語られるべきだ。／天と地の／かたくなな唇にもつれた風が／夜更けにもらした／つぶやきを。

역사의 기억 속으로 사라져간 사람들의 침묵을 강요당한 이야기에 귀를 기울여야 함을 이보다 더 애절하고 강하게 호소하고 있는 문장은 없을 것이다. 심해의 어둠 속에서 들려오는 바다울음의 진실을 복원하고 세상을 향해 이야기해야 한다는 호소는 시적 화자가 자신에게 되묻고 있는 물음이기도 하다. 그러나 기억을 환기시키려고 하는 시적 화자의 결연한 의지와는 대조적으로, 아직 쉽게 이야기하지 못한 채 다시

---

16) 김석범·김시종 저, 문경수 편, 위의 글, p.121.

밤의 어둠을 불러들이고 마는 망설임과 주저가 한편에 남아 있다. 이러한 시인의 망설임과 주저가 시적 화자의 중층적인 내면을 대신해서 말해주고 있다.

5. '재일을 산다'는 것의 의미

전술했듯이, 『니이가타』의 제3부 '위도가 보인다'는 니이가타에서 귀국선을 타고 북한으로 떠나는 사람들을 바라보며 자신은 일본에 머무르는, 즉 '재일'할 것을 결심하는 시적화자의 심경을 그리고 있다. '재일'이 사실로서 일본에 머무르는 의미라면, '재일을 산다'는 것은 재일의 의지를 표명하고 있는 말이다. 일본경찰에게 외국인등록증을 보이라는 심문을 받고 '나'는 다음과 같이 대답한다.

출생은 북선(北鮮)이고 / 자란 곳은 남선(南鮮)이다. / 한국은 싫고 / 조선은 좋다. / 일본에 온 것은 / 그저 우연한 일이었다. / 요컨대 한국에서 온 밀항선은 / 일본으로 갈 수밖에 없었기 때문이다. / 그렇다고 해서 / 지금 북선으로 가고 싶지 않다. / 한국에서 / 홀어머니가 / 미라 상태로 기다리고 있기 때문이다. / 심지어 / 심지어 / 나는 아직 / 순도 높은 공화국 공민으로 탈바꿈하지 못했다—(3-2, pp.148-149)

生まれは北鮮で/育ちは南鮮だ。/韓國はきらいで/朝鮮が好きだ。/日本へきたのは/ほんの偶然の出來事なんだ。/つまり韓國からのヤミ船は/日本向けしかなかったからだ。/といって/北朝鮮へも今あ行きたかあないんだ。/韓國で/たった一人の母が/ミイラのまま待っているからだ。/それにもまして/それにもまして/俺はま

だ／純度の共和國公民になりきってないんだ―

　'북선'이나 '남선'이라는 말은 일제강점기에 사용된 차별어로, 지금은 사용하지 않는 표현인데[17], 남과 북을 합쳐 '조선'이라는 통칭으로 부르기 위해 차용된 말로 생각된다. 이는 '조선'과 '북조선'을 구분해 사용하고 있는 사실을 통해서도 알 수 있다. 남북으로 분단된 어느 한쪽인 "한국은 싫고", 또 그렇다고 해서 "북(조)선으로 가고 싶"다고도 하지 않는다. '북(조)선'에 가는 것을 '돌아간다(歸る)'가 아니라 '간다(行く)'는 동사를 사용해서 표현하고 있는 것으로 봐도 '북(조)선'은 회귀해 돌아갈 조국이 아님을 말해주고 있다. 요컨대, '나'는 남북을 아우르는 총칭으로서의 '조선'이 좋다고 하면서 남북을 동시에 시야에 넣고 있는 구도이다. 시적 화자가 현재 서 있는 니이가타라는 위치가 바로 남북을 동시에 부감하는 지점인 것이다.

　　지평에 깃든 / 하나의 / 바람을 위해 / 많은 노래가 울리고 있다. / 서로를 탐하는 / 금속의 / 화합처럼 / 개펄을 / 그득 채우는 / 밀물이 있다. / 돌 하나의 / 목마름 위에 / 천 개의 / 파도가 / 허물어진다.(3-4, pp.169-170)
　　地平にこもる／ひとつの／願いのために／多くの歌が鳴っている。

---

17) 일제강점기에 식민지 조선은 여러 명칭으로 구획되었다. 남북으로 크게 나누어 '남조선'과 '북조선'으로 부르는 경우가 보통인데, 1920년대가 되면 좀 더 세분화된다. 즉, 경상도와 전라도는 '남선', 황해도와 평안도는 '서선(西鮮)', 강원도 북쪽이나 함경도는 '북선'으로 불렸고, 경성을 중심으로 한반도 중간 지점을 일컫는 '중선(中鮮)'이라는 명칭도 있었다. 1920년대 후반이 되면 함경선 부설과 더불어 확장된 제국의 이미지를 표상하기 위해 '북선' 관련 담론이 빈출한다. 김시종은 함경도 원산에서 태어나 제주도와 전라도에서 어린 시절을 보냈기 때문에, 출생은 '북선'이고 자란 곳은 '남선'이라고 말하고 있는 것이다.

／求めあう／金屬の／化合のように／干潟を／滿ちる／潮がある。／
一つの石の／渴きのうえに／千もの波が／くずれているのだ

　니이가타는 김시종 자신이 강조하고 있듯이 남북 분단의 38도선의
연장선상에 있는 곳으로, 귀국선이 떠나고 있는 동시대적인 상황에서
봐도 남북 분단의 현장인 셈이다. 동시에, 귀국선을 타려는 사람과 배
웅하는 사람, 이를 지켜보는 사람들이 모여 분단을 넘고자 하는 소망이
천 개의 파도가 되어 공명(共鳴)하는 공간이기도 하다. 남북 분단의 현
장이면서, 동시에 분단을 넘고자 하는 이중의 의미가 '니이가타'에 담겨
있는 것이다.

　　번데기를 꿈꿨던 / 지렁이의 입정(入定)이 / 한밤중. / 매미 허물에
틀어박히기 시작한다. / 쌀쌀한 응시에 / 둘러싸여 / 스며드는 체액
이 다 마를 때까지 / 멀리서 반짝이는 / 눈부심에 / 몸을 비튼다. /
너무나도 / 동떨어진 소생이 / 골목길 뒤편의 / 새둥우리 상자에 넘
쳐난다.(3-4, pp.176-177)
　　蛹を夢みた／みみずの入定が／夜半。／蟬のぬけがらにこもりはじ
める。／ひややかな凝視に／くるまれて／にじむ体液がかわききるま
で／遠くに／きらめく／眩しさに／身をよじる。／あまりにも／かか
わりのない蘇生が／露地うらの巢箱にありすぎるのだ。

　'지렁이'에서 탈피해 인간 부활을 바라는 시적 화자의 '꿈'이 비로소
소생의 조짐을 보이는 장면이다. 그런데 사실 지렁이는 빈모류에 속하
는 동물군으로, 곤충류에서 발견되는 변태를 겪지 않는다. 즉, '지렁이'
에서 인간으로의 부활은 인식론상의 전환인 것이다.

니이가타에 쏟아지는 / 햇볕이 있다. / 바람〔風〕이 있다. / 산더미 같은 / 눈에 폐쇄된 계절의 / 두절되기 쉬운 길이 있다. / (중략) / 해구(海溝)에서 기어 올라온 / 균열이 / 궁벽한 / 니이가타 / 시에 / 나를 멈춰 세운다. / 불길한 위도는 / 금강산 벼랑 끝에서 끊어져 있기에 / 이것은 / 아무도 모른다. / 나를 빠져나간 / 모든 것이 떠났다. / 망망히 번지는 바다를 / 한 사내를 / 걷고 있다.(3-4, p.178)

新潟にそそぐ／陽がある。／風がある。／堆く／雪に閉ざされる季節の／と絶えがちな道がある。／（中略）／海溝を這い上がった／龜裂が／鄙びた／新潟の／市に／ぼくを止どめる。／忌わしい緯度は／金剛山の崖っぷちで切れているので／このことは／誰も知らない。／ぼくを抜け出た。／すべてが去った。／茫洋とひろがる海を／一人の男が歩いている。

위의 인용은 이 장편시의 마지막 장면으로, '지렁이'에서 탈피한 '한 사내'가 니이가타에 홀로 남아 걷고 있는 모습을 그리고 있다. 존재의 변형과 '재일'의 결심이 같이 이루어지고 있는 장면이다. 선택적으로 의도한 것이 아니지만 해방 후에 일본으로 건너와 재일 2세대임을 자처하며 의식적으로 존재론적 변형을 꾀한 김시종 시인의 실존적인 재일의 삶이 압축적으로 잘 나타난 장면이다.

햇볕과 바람이 있고, 한편으로는 해구나 균열도 있는 "불길한 위도"의 니이가타에 '나'는 서서 '재일'의 삶을 생각한다. 여기서 말하는 "불길한 위도"는 반드시 부정적인 측면을 나타내는 것은 아니다. 불길함은 긴장과 갈등을 수반하지만 욕망의 꿈틀거림을 나타내며, 따라서 생에 대한 비상을 암시한다. 남북이 갈라지는 지점에서 모든 사람들이 빠져나간 뒤에 일본에 남을 것을 결심한 한 남자가 홀로 걷고 있는 모습은 남과 북, 그리고 일본과의 관계성 속에서 살아가는 '재일'의 자화상이다. 그리고 이를 다시 시적 화자가 내려다보고 있는 구도를 보여주고 있다. 이는 남북의 한반도와 일본을 포괄적으로 부감하는 시좌(視座)에 '재일'을 자리매김하고, '재일을 산다'는 것의 의미를 이들 관계 속에서 되물어온 시인 김시종의 자화상이기도 하다.

이상에서 김시종의 장편시집 『니이가타』를 살펴보았다. 제주 4·3사건 이후 정부 당국에 쫓겨 1949년에 일본으로 건너와 현재에 이르기까지 재일의 삶을 살고 있는 김시종이 재일의 삶을 사는 것에 부여하고 있는 적극적인 의미 표명을 상징적인 표현을 통해 잘 보여주고 있는 시집이다.

김시종은 스스로를 재일 2세로 정위하고 일본사회 속에서 현실적이고 주체적으로 살아가는 길을 모색해왔다고 할 수 있다. 따라서 북한으로의 귀국운동이 시작된 1959년 니이가타에서 귀국선을 바라보며 노래하고 있는 것은 조국으로 회귀하고자 하는 망향의 노래가 아니다. 남북분단의 연장선상에 있는 니이가타에서 조국에서는 넘을 수 없었던 분단을 넘는 상상을 하고 있다. 이는 재일의 삶을 살고 있기에 가능한 공간 확장의 상상이라고 할 수 있다.

『니이가타』는 '재일'이 한국과 일본 사이에 끼어 정체성의 불안을 느끼는 네거티브한 존재가 더 이상 아니라, 한국과 북한, 그리고 일본을 모두 포괄하며 이들을 새로운 의미로 관련지을 수 있는 존재임을 보여주고 있다. 식민과 분단의 어두운 기억 속에서 살던 자아를 깨워 새로운 공간의 상상력을 펼치고 있는 것은 전술한 김시종의 자전 제명대로 총칭으로서의 '조선'과 일본을 동시에 살아가는 재일을 사는 의미를 잘 보여주고 있다.

Ⅳ. 단절과 연속의 양석일의 문학

1. 재일코리안 문학의 당사자성

이 글은 전후 일본에 이질적인 집단으로 타자화된 오사카의 재일코리안 부락 이야기를 전후 50년의 시점에서 새롭게 재구성하고 있는 양석일의 작품을 통해 재일코리안 문학의 당사자성에 대해 생각해보고자 하는 것이다.

한국과 일본에서 각각 해방과 전후 70년을 지나고 있는 현재, 재일코리안 문학도 많은 변화를 겪었다. 이소가이 지로(磯貝治良)는 재일코리안 문학의 전후 70년간을 세 시기로 나누어 변용과 계승을 거듭해온 흐름을 정리하고 있다. 즉, 식민지체험의 극복과 한국전쟁 등 정치적 이슈가 많았던 1945년부터 1960년대 전반까지와, 한일국교정상화 이후 제2세대로 세대 교체되면서 '재일(在日)' 의식이 변화하는 1960년대 후반부터 1980년대까지, 그리고 조국지향이 후퇴하고 일본사회에 대한 동질화가 가속화되면서 국민국가의 경계를 넘어 다양한 개별성의 문학형태가 발현된 1990년대 이후로 구분했다. 특히, 1990년대 이후는 '재일조선인문학'이라는 호칭으로 묶을 수 없는 다양한 양상이 나타나기 때문에 이소가이 지로는 '조선인'을 빼고 〈재일〉문학'이라는 용어로 범주화하고 있다.[1]

재일코리안 문학이 해방 이후 좌파 계통의 구 프롤레타리아문학자

---

1) 磯貝治良, 『＜在日＞文学の変容と継承』, 新幹社, 2015, pp.7-32.

들과 연계해서 김달수가 중심이 되어 북한문학 소개로 시작되었는데[2]), 한일국교정상화가 이루어진 1960년대 후반 이후 점차 북한 쪽보다 남한의 문학을 번역 소개 연구하는 경향이 증가하고 '재일' 의식이 변화하면서 이들의 문학적 경향 또한 이전 시대와 달라지는 사실을 생각하면 이소가이 지로의 시대구분은 타당하다. 특히 흥미로운 것은 1990년대 이후를 재일코리안 문학의 새로운 시대로 보고 있는 점이다. 그의 '재일'이라는 개념에는 일제강점기 이후의 역사적인 문맥이 포함되어 있을 뿐만 아니라, 일본사회에 동화되기보다는 차이를 만들어가며 공존의 방식을 찾아온 재일코리안의 현재적 의미가 내포되어 있다고 할 수 있다. 김환기가 기존의 재일코리안 문학이 중시해온 정치, 이념, 민족 중심의 이념적인 경향이 현대에 들어와 개아와 인간의 실존이 중시되며 변천해온 양상을 분석하면서 '재일성'의 해체를 이야기하고 있는 것도 변화된 재일코리안 문학의 현재의 모습을 보여주고 있다.[3]

그런데 재일코리안이 세대를 거듭하면서 다양한 개별성의 문학 양태가 나오고 있지만 여전히 집단적이고 역사적인 의미로 엄연히 존재하고 있는 것 또한 사실이다.[4] 해방과 패전을 가로지르며 한국과 일본 어느 쪽에 가담하기보다는 양쪽을 상대화시키며 '재일'의 독자적 삶을 구축해온

---

2) 오미정, 「1950년대 일본의 북한문학 소개와 특징 -『新日本文学』과 『人民文学』을 중심으로 - 」,『한국근대문학연구』 25집, 2012.4. 참고
3) 김환기, 「재일 디아스포라 문학의 형성과 분화」,『일본학보』 74집, 2008.2, p.168.
4) 이진원은 재일코리안의 아이덴티티 변화는 일본 내의 다른 소수자들이 겪은 그것과 양상이 다른 특수한 상황에 의한 것임을 지적하고 이러한 자신들의 입장을 대변할 수 있는 정치공동체적 관심은 표현방법의 전환을 가져오면서 지속되고 있음을 말하고 있다(이진원, 「아이덴티티 변용의 측면에서 본 재일코리안」,『일본학보』 89집, 2011.11, p.293)

재일코리안과 이들의 문학을 어떻게 자리매김할 것인가? 이 글에서는 재일코리안 당사자로서의 체험을 그리면서 '재일'로서의 존재성을 찾고 있는 양석일의 작품 속에서 이 문제를 살펴볼 것이다.

양석일(梁石日, 1936~)은 전후 50년이 지난 시점에서 장편소설 『밤을 걸고(夜を賭けて)』(NHK출판, 1994)를 내놓았다. 『밤을 걸고』는 구(舊) 오사카 조병창(造兵廠) 터에 묻혀있던 고철을 몰래 캐내 생계를 유지하던 재일코리안 부락(당시 '아파치 부락'이라고 불림) 사람들의 삶을 그린 이야기로, 1958년에 일본 경찰과 대치하며 벌어진 일련의 사건과, 1959년 이후 재일코리안 사회의 남북 대립, 그리고 소설의 집필시점인 1993년 이야기가 주요한 구성을 이루고 있다. 책이 출간된 이듬해에 양석일은 소설의 집필 동기를 다음과 같이 밝히고 있다.

> 체험자인 내가 현재 시점에서 왜 아파치 부락을 썼는가 하면, 전후 50년이 지난 지금도 여전히 아파치 부락은 특히 재일조선·한국인 문제의 핵심적인 의미를 가지고 있기 때문이다. 아파치 부락은 재일조선·한국인 문제를 빼놓고는 이야기할 수 없고, 그 후의 북한귀국 문제나 일본의 아우슈비츠라고 불린 오무라(大村)수용소의 실태도 겹쳐 연동되면서 오늘날에 이르고 있는 것이다.[5]

양석일은 '아파치 부락'에서 당사자로서 직접적으로 활동한 체험을 그로부터 약 35년이 지난 시점에서 왜 소설로 썼는지에 대해 1990년대에 재일코리안이 맞닥뜨리고 있는 현안이 전후 일본사회에서 제기된

---

5) 梁石日, 『修羅を生きるー「恨」をのりこえてー』, 講談社現代新書, 1995.2, p.144.

'재일' 문제와 여전히 맞물려 있다고 말하고 있다. 식민지배에서 파생된 재일 사회가 해방 이후에 단일한 내셔널리티로 회복되지 못하고 전후 일본사회에 이질적인 '아파치 부락'을 형성시켰고, 이후의 남북한 갈등은 그대로 재일코리안 사회에 답습되고 있는 것이다. 아시아 최대의 병기 공장이었던 터는 오사카공원 땅속 깊이 묻히고, 그 위의 평화로운 광경 속에서 펼쳐진 '원 코리아 페스티벌'을 멀리서 지켜보고 있던 작중인물 장유진(양석일이 모델)이 "재일동포가 병기공장의 잔해를 캐내어 생계를 유지한 사실을 알고 있는 사람도 없다"고 하면서 사람들 속에 망각되고 있는 기억을 들춰낸다. 소설의 끝에 나오는 기억의 복원은 소설의 시작으로 연결된다. 『밤을 걸고』의 내적 구조를 밝혀 재일코리안 사회의 재현 방식이 어떻게 이루어지고 있는지부터 생각해보겠다.

2. 양석일의 『밤을 걸고』

『밤을 걸고』는 1958년작이라고 밝히고 있는 제목도 없는 권두의 시 한 편과 모두 13장으로 구성되어 있는 장편소설이다. 한국에서 번역본6)이 나왔을 때, 1장부터 8장까지를 1부로 묶고 9장부터 13장까지를 2부로 묶어, 각각에 '아파치족의 전쟁'과 '애절한 여심'이라는 제목을 붙였다. 그런데 소설 전체를 내용상으로 살펴보면, 1장부터 8장까지는 1958년에 오사카 조병창 터에서 '아파치족'이 전개한 활

---

6) 양석일 소설, 김성기 옮김, 『밤을 걸고』 1, 2권, 태동출판사, 2001.

동과 경찰과의 대치상황을 장유진을 중심으로 그리고 있고, 9장부터 12장까지는 '아파치족' 해체 이후 주동자로 지목되어 나가사키의 오무라(大村) 수용소에 갇힌 김의부가 1963년에 출소할 때까지의 과정을 그리고 있다. 그리고 마지막 13장은 시간이 1993년 현재로 건너뛰어 다시 장유진의 시점에서 그리고 있는데, 오사카공원에서 열린 '원 코리아 페스티벌'에서 김의부를 우연히 만나 과거를 회상하는 내용으로 끝맺고 있다.

소설의 내용이 1958년도의 '아파치족' 문제와 1959년 이후의 오무라 수용소 문제를 집중적으로 다루고 있기 때문에 한국어 번역본의 2부 구성 체재는 유효한 측면이 있다. 그러나 마지막 13장이 2부로 들어가는 것은 시간적 배경도 다를 뿐만 아니라, 내용상으로도 맞지 않다. 9장부터 12장까지는 김의부의 오무라 수용소 생활과 그를 기다리는 하쓰코(初子)의 이야기가 중심 내용이지만, 13장은 장유진과 김의부가 35년만에 재회해 이제는 흔적도 없는 구 '아파치족'의 활동지에서 통일 기원 행사를 하고 있는 젊은 세대들을 바라보며 과거를 회상하는 내용이므로 그 성격이 전혀 다르다.

즉, 한국어 번역본에서와 같이 2부 구성으로 해버리면 13장에서 회상하는 과거가 1장으로 연결되는 기억의 서사 회로를 오히려 끊고 있는 구조가 되어버린다. "그 굉음은 지금도 장유진의 귀에 쟁쟁히 울려 퍼지고 있다"[7]고 하는 등, 화자는 1993년 현재 시점에서 1950년대 후반으로 거슬러 올라가 이야기를 하고 있음을 소설의 시작부터 보여주고 있기 때문에, 두 부분으로 끊기보다는 이야기가 끝난 시점에서 다

---

7) 양석일 소설, 김성기 옮김, 위의 책 1권, p.21. 이하 『밤을 걸고』의 본문 인용은 권수와 쪽수만 명기함.

시 앞부분으로 돌아가 생각하지 않으면 안 되는 환원 구조를 이루고 있는 것이다.

그리고 세 시기에서 주로 다루고 있는 내용 구성도 각각 다르다. 1장 부터 8장까지의 '아파치 부락'의 형성은 전후 일본사회와 대비를 이루고 있고, 9장부터 12장까지는 주로 한반도의 남북한 갈등이 재일코리안 사회에 그대로 영향을 끼치면서 일본과 남북한 전체를 아우르는 문제군을 보여주고 있다. 마지막 13장은 재일코리안 사회의 세대 간 간격이 중점적으로 그려지면서 '재일' 자신의 현재적 문제로 초점이 맞춰진다. 전후 50년간 재일코리안 사회가 변용을 거듭해오는 데 주요하게 관련된 부분을 잘 드러내고 있는 구성이라고 할 수 있다.

『밤을 걸고』의 소설 구조에 대해 고바야시 교지(小林恭二)는 매우 혼란한 구성이라고 언급하면서 전반부의 피카레스크적인 색채에서 극단적인 순애소설로 변모하는 낙차를 지적했다.[8] 또 박유하도 『밤을 걸고』의 소설 구성이 "구조적으로 분열"된 "무리한 구성"이라고 지적하고, 이는 '아파치족'을 정당화하려는 욕망에서 비롯된 것이라고 설명하고 있다.[9]

이와 같은 선행연구의 지적은 사실상 부정하기 어렵다. 그러나 설령 소설의 구조가 파탄을 가져오고 있다고 해도 비판하고 끝낼 것이 아니라 파탄된 구조로 인해 무엇이 보이는가를 이야기하는 것이 생산적인 논의일 것이다. 그리고 이들 선행연구에서 놓치고 있는 중요한 사실이 있다. 이야기의 현재 시점인 1993년에서 1950년대와 60년대의 전후로

---

8) 小林恭二, 「解説」, 梁石日 『夜を賭けて』, 幻冬舎文庫, 2009, pp.533-541.
9) 朴裕河, 「共謀する表象—開高健・小松左京・梁石日の「アパッチ」小説をめぐって—」, 『日本文学』 55巻10号, 2006, pp.43-44.

기억을 이행시키고 있는 내적 필연성이 간과되어 있는 점이다. 그리고 선행연구에서는 소설을 크게 두 부분으로 나누어 읽어내고 있지만, 정확히 말하면 세 부분으로 구성되어 있는 사실도 간과할 수 없다. 그리고 이들은 일견 개별적으로 진행되고 있는 듯하지만 1993년 현재 시점에서 분명 연결되고 있는 점은 주의를 요한다.

따라서 물어야 할 것은 '아파치 부락'이 형성되고 전개된 이야기가 왜 전후 50년의 시점인 1990년대에 호출되고 있는가, 하는 점이다. 소설의 전체 분량에서 보면 10분의 1정도밖에 차지하고 있지 않지만, 13장은 서술의 시점(時點)과 관점으로 따지면 소설의 전체 구조를 통어하면서, 전술했듯이 작중 화자의 기억의 서사회로를 만들고 있다. 1993년 현재 시점에서 기억하고 있는 1958년 '아파치 부락'의 이야기부터 구체적으로 살펴보자.

양석일의 자필연보에 의하면, 1958년(22세)은 다음과 같이 기록되어 있다.

이 무렵 일본은 건설 러시로 철의 수요가 늘었다. 예전부터 오사카 성 아래에 환상선(環狀線)의 교바시(京橋)역과 모리노미야(森ノ宮)역 사이에 아시아 최대의 병기 공장이 있었다(현재는 모리노미야 삼림 공원이 되었다). 그 병기 공장이 1945년 8월 14일 수백 대의 B29의 맹렬한 폭격으로 괴멸하고 광대한 폐허로 변해 전후 12년이 지나도록 방치되어 있었다. 이 '오사카 조병창 터' 옆으로 흐르고 있는 네코마(猫間) 강(운하)을 따라 작은 판잣집을 짓고 살고 있는 조선인 부락이 있었다. 이 조선인 부락에 내 누나 가족이 살고 있었다. 조선인 부락 사람들은 언제부터인가 밤의 어둠을 틈타 운하를 건너 광대한 폐허에 매장되어 있는 쇳조각을 도굴해 생계를 유지했다. 실업상태였던 나는 김시종(金時鐘)과 친구를 데리고 쇳조각 도굴에 참가했다.
후에 '아파치족'이라고 불리며 매스컴이 떠들썩해지는데, 이를 알고
가이코 다케시(開高健)가 김시종과 나에게 취재를 요청해『일본삼문
오페라(日本三文オペラ)』를 썼다.10)

　마지막의 가이코 다케시 부분을 제외하면 모두 소설에 그대로 들어
가 있는 내용으로, 김시종은 소설에서 김성철이라는 인물로 나온다. 양
석일은 김시종을 비롯해 주변 사람들과 실제로 철 채굴에 참여했고 이
러한 자신의 체험을 바탕으로 자전적 소설을 쓴 것이다. 그런데 '아파치
족' 이야기는 가이코 다케시뿐만 아니라 고마쓰 사쿄(小松左京)도『일본
아파치족(日本アパッチ族)』(1964)이라는 소설에서 쓰고 있다. 그런데 가이
코 다케시의『일본삼문오페라』(1959)는 '아파치족'을 재일조선인으로 한
정하지 않고 일본 도시 하층민사회의 이야기로 확장시켜 묘사하고 있
고, 고마쓰 사쿄의 소설은 근 미래에 철을 먹는 사람들의 이야기로 구
성한 SF적 성격의 소설이다. 그리고 이 두 소설은 전후 일본사회에 '아
파치족'이 화제가 된 동시대에 나왔다고 할 수 있다. 이에 비하면, 양석
일의 소설은 사건으로부터 시간이 많이 지난 1990년대에 나왔고, 무엇
보다도 재일코리안이라는 당사자성(當事者性)을 명확히 하고 있다는 점
이 다르다고 할 수 있다. 그리고 이러한 당사자성은 '아파치족'에 대한
의미를 가이코 다케시나 고마쓰 사쿄와는 다른 방식으로 전유한다. 무
슨 뜻인가?
　35만 평의 오사카 조병창 터는 긴키(近畿) 재무국에서 관리하고 있던

---

10)「梁石日　年譜」(自筆), 磯貝治良, 黒古一夫編,『＜在日＞文学全集7』, 勉誠出版, 2006,
　　pp.356-357.

국유재산이었다. 패전 후 지상에 있는 병기류나 철강류는 어느 정도 정리되었지만 B29의 폭격으로 파괴된 채 땅속에 묻혀버린 것들은 남아있었던 것이다. 한 재일코리안 할머니가 이곳에 들어가 가지고 나온 철을 팔아 거금을 손에 넣었다는 소문이 퍼지면서 주변의 재일코리안들이 이곳으로 몰려들었다. 이들은 떼를 지어 밤에 몰래 들어가 철을 캐내기 시작하는데, 일이라기보다 '전쟁'이라고 하면서 필사적으로 채굴을 해갔다.

처음에는 연장을 들고 채굴하러 가는 이들의 모습이 '산적'이나 '게릴라'처럼 보였는데, 채굴에 참여하는 사람들과 그 규모가 커지면서 이를 단속하려는 경찰과 대치하는 상황이 벌어졌다. 이러한 과정에서 철을 찾아 헤매는 재일코리안들은 언제부터인가 마치 서부극에서 전쟁과 약탈을 주로 하는 북아메리카 남서부의 원주민인 '아파치족'에 비유해 불리게 된 것이다. 실제로 '아파치족'이라는 명칭은 1958년 5월부터 신문지상에 등장하는데, 6월에 대대적인 단속이 있은 후 각 신문에서 일제히 '아파치족'이라는 명칭을 써서 보도했다.11) 그리고 아래와 같이 사진을 함께 실어 '아파치 부락'을 자세히 보도하기도 했다.

---

11) 박정이는 당시의 '아파치족'을 다룬 『오사카일일신문(大阪日日新聞)』의 기사에서 표현된 '강도'나 '상해'와 같은 표현이 소설 속에서 배제된 점을 지적하고, '악'의 이미지보다는 용감무쌍하게 투쟁하는 이미지로 재일코리안을 그리려고 한 설정이라고 설명하고 있다(박정이, 「기억의 공간 '아파치 부락'-梁石日 『밤을 걸고서』와 『大阪日日新聞』을 중심으로-」, 『일본어문학』 45, 2009, pp.319~323). 참고로 가이코 다케시는 『일본삼문오페라』에서 철을 채굴해 먹고 살아가는 사람들을 재일코리안이라고 한정하고 있지는 않지만, 불법을 행하는 집단으로서의 '도둑'이라는 표현으로 적고 있다.

<사진 1> '아파치 부락'과 구 조병창(造兵廠) 터(『朝日新聞』 大阪. 1958년 8.2.夕刊)

구 조병창 부근 ① 아파치 부락. ② 구 조병창 제26시창고(施倉庫). ③ 오사카시 공원 예
정지. ④ 긴키 재무국 스기야마(杉山) 분실. ⑤ 구 조병창 제2시공장. ⑥ 오사카시 교통국
차고 부지. ⑦ 조토센(城東線). ⑧ 히라노가와(平野川). ⑨ 오사카성

<사진 2> '아파치 부락'의 모습(『朝日新聞』 大阪. 1958년 8.1.夕刊)

빽빽이 들어찬 '아파치 부락' 건너편으로 조토센 전철과 야구장 시설이 보인다.

이와 같이 신문지상에 일제히 등장한 '아파치 부락'의 이야기가 소설 속에서 어떻게 표현되고 있는지 살펴보자. 소설은 철조각을 줍기 위해 죽음의 강을 건너 생사를 건 사투를 벌이는 '아파치족'의 모습을 그리고 있는 한 편의 시에서 시작되고 있다.

해질녘 강물의/ 어스름한 광경을 바라본다/ 물안경을 쓰고/ 어두운 강물 속에 뛰어들면/ 쇳덩이에 끼인 곱사등이 사내가/ 강한 메탄가스가 뿜어나오는/ 진흙 바닥에 엎어져 있고/ 그의 머리카락이 해초처럼/ 떼지어 나부끼고 있다/ 그를 밧줄로 묶어 건져올린다/ 썩어 문드러진 눈알이/ 타오르는 석양빛에 녹아내리기 시작했다/ 맑디 맑은 드넓은 하늘에/ 나카노시마(中の島) 제철의 검은 연기가 천천히 피어오른다/ 무시무시한 현실에 몰려/ 썩은 네코마(猫間)12) 강을 배로 건너면/ 지하에 잠들어 있던 국적 불명자들이/ 무거운 석관 뚜껑을 밀어올리고 곡괭이를 짊어진 채/ 잇따라 폐허 위로 모습을 드러낸다/ (……)/ 악몽을 꾸고 있는 걸까 현실에서 일어나고 있는 걸까/ 최후의 공백 지대와 같은 땅 끝에서/ 극도로 긴장한 모세혈관이 터지고 피가 솟구치자/ 으악 하며 비명소리가 울려 퍼졌다.

'아파치족'의 사투를 리얼하고 잔혹하게 표현하고 있는 시인데, 이들을 비(非) 일본국민을 의미하는 '국적불명자'로 표현하고 있는 것이 눈에 띈다. 즉, 불특정다수의 이질적인 집단으로 배제하는 시선이 들어있다고 할 수 있다. 따라서 동일한 공간에서 벌어지고 있는 현상을 마치 멀리 떨어진 아메리카대륙의 원주민을 바라보듯 차별과 배제의 눈으로 밀

---

12) '네코마 강'은 오사카의 재일코리안이 많이 살던 곳의 고마(高麗) 강을 고양이를 뜻하는 '네코(猫)' 발음을 덧씌워 불렀던 호칭으로, 현재의 이쿠노(生野) 구를 가로지르는 히라노(平野) 강에 합류하는 지류였으나 현재는 매립되어 남아있지 않다.

어내는 시선과, '아파치족' 스스로의 자기인식 사이에는 차이가 생길 수
밖에 없다.

　이러한 차이를 비웃기라도 하듯 소설은 시작부터 줄곧 웃음거리로
희화화(戲畵化)해 조롱하고 있다. 공동변소를 둘러싸고 똥 싸는 문제로
옥신각신하는 모습으로 소설이 시작해 채굴한 쇳조각을 실어 나르는 배
를 구했는데 알고 보니 여기저기 똥이 달라붙어있고 냄새가 진동하는
똥을 실어 나르던 배인 것이 알려져 웃지 못할 상황이 돼버린 모습은
저열하고 우스꽝스러운 분위기를 만들어낸다. 그런데 이들 '아파치족'이
놓인 현실은 사실 웃을 수 없는 생존 문제가 걸린 사투의 공간이기에
이러한 우스꽝스러운 분위기는 오히려 기괴한 느낌을 준다. 장유진이
채굴 도중에 경찰이 온 줄로 착각하고 도망치다 사타구니를 부딪쳐 부
어오른 것을 동료인 김성철이 치료해주는 과정에 대한 묘사에서도 웃음
을 유발한다. 이와 같이 싸고 생식하는 기관을 통해 자아내는 웃음은
미하일 바흐친(Mikhail Bakhtin)의 '카니발 이론'13)을 도입하지 않더라도
권위적 질서를 한껏 조롱하며 전복시키는 효과를 만들어 내고 있다고
할 수 있다.

　　서달사의 죽음이 매스컴에 알려지면서 각 신문사가 부락으로 취재
　　를 나왔다. 후누케의 죽음은 무시되었지만 두 번째 사망자가 발생하
　　자, 이번 사건에 대한 매스컴의 관심은 단숨에 고조되었다. 그리고
　　이튿날 S신문의 일면 톱으로 〈경찰이 아파치 부락을 습격. 아파치족
　　한 명이 익사〉라는 기사가 보도되었다. 야음을 틈타 쇳덩이를 빼돌
　　리는 조선인 부락민들을 당시에 외화 팬들을 열광시키던 서부극에

---

13) 김욱동, 『대화적 상상력- 바흐친의 문학 이론』, 문학과 지성사, 1999. 참고.

등장한 제로니모 추장이 이끄는 신출귀몰하고 용감무쌍한 아파치족
에 비유하면서 떠들썩하게 써댄 것이다.(1권, p.176)

'제로니모 추장이 이끄는 신출귀몰하고 용감무쌍한 아파치족'으로 비유
된 재일코리안의 모습은 선행연구에서 언급한 것처럼 용감히 투쟁하는
모습을 강조해 이들의 싸움을 정당화시키려는 의도로 곧이곧대로 해석하
기보다, 제도화된 체제를 비웃고 조롱하는 장치로 파악하는 것이 적절해
보인다. 왜냐하면 재일코리안을 '아파치족'에 비유하고 있는 것에는 용감
함을 평가하는 시선보다는 야만성으로 비하하는 위로부터의 차별적 시선
이 들어있기 때문이다.

　조선인 부락은 '아파치 부락'으로 불리고, 그곳에 사는 사람들은 '아
파치족'이라는 말을 듣게 되었다. 그리고 기이하게도 아파치족으로
불리게 된 뒤부터 조선인 부락민들은 마치 아파치족의 영혼이 깃들기
라도 한 것처럼, 이전보다 더 쇳덩이의 발굴에 열을 올렸다. 생쥐가
궁지에 몰리면 고양이를 문다는 말처럼 막바지에 몰린 인간은 어떤
계기를 통해 불가사의한 능력을 발휘하게 된다. 아파치족으로 불리는
것을 까닭 없이 싫어했던 김명영도 차츰 아파치족다운 면모를 갖추게
되었다. 그리고 어느새 스스로 자신을 아파치족이라고 말하게 되었
다. (중략) 그러고 보니 살갗이 희고 표정이 어두웠던 김명영의 얼굴
은 어느새 거무스름하고 날카롭게 변해 있었다. 처음 일을 시작할 때
만 해도 속옷이 어깨 살에 달라붙어 애를 먹곤 했지만, 차츰 그 부분
에 굳은살이 박히면서 지금은 무거운 쇳덩이를 짊어져도 그다지 통증
이 느껴지지 않았다. 어깨에 근육이 붙고 하체의 탄력성도 강해져,
이젠 누구 못지않은 아파치족이 되어 있었다.(1권, pp.180-184)

위의 인용에서 보듯이, '아파치족'이라고 매스컴에서 자신들에 대해 떠들어대는 말을 들은 사람들은 이에 대해 비판하거나 수동적으로 받아들이는 대신에 오히려 자신들이 '아파치족'임을 자처하며 주체적 행위자로 나서고 있는 모습을 보여주고 있다. 이들은 마치 영혼까지도 아파치족이 되어버린 양 스스로를 전후 일본사회로부터 이질적인 공간으로 선취해 구획 짓고, 나날이 몰려드는 사람들로 규모가 커지면서 각 조별로 '추장'을 두고 조직화해갔다. '아파치족'은 같은 부락의 일본인 몇 세대를 제외하고 대부분이 재일코리안이었고, 오사카의 거주자 외에도 홋카이도나 오키나와에서 소문을 듣고 흘러들어온 사람(流れもののアパッチ)도 있었다.14) 이러한 상황을 잘 보여주듯, 소설에는 장유진과 김의부, 김성철 등 주요 인물 외에도 여성이나 노인을 비롯해 수많은 사람들이 등장하는데, 이들이 몇 개의 조를 이루어 독립지구의 양상을 띠고 있는 모습이 그려진다. 그리고 어느새 '아파치족' 자체가 되어 가는 재일코리안의 모습을 그리고 있다.

'아파치족'이 비유일 때는 부락 사람들은 허구로서 존재하지만, 스스로를 '아파치족'으로 동일시하는 순간 외계의 사물을 자기중심적으로 인식해갈 수 있게 된다. 이들은 더 이상 전후 일본사회의 이질적인 집단으로 배제되는 입장에 놓여있는 대신에, 전후 일본사회를 대상화하고 비판하기 시작한다.

'아파치족'에 대한 단속으로 사망자가 나오자, 36년간 식민 지배를 받고 이제는 일본군국주의의 잔해를 먹고 살 수밖에 없는 처지의 자신들에게 공권력을 투입해 탄압하려 한다면서 부락 사람들은 일본 경찰에

---

14) 「アパッチ族(中)」, 『朝日新聞』大阪, 1958년 8.1. 夕刊.

대해 분노를 드러낸다. 그리고 구 조병창 터를 바라보며 "전쟁이 끝나도 또 전쟁이 시작됐어. 이 폐허는 인간의 어리석음을 그대로 드러낸 추악한 장소지. 이런 폐허에 조선인이 모여든다는 것도 참으로 얄궂은 일이야'라고 하면서 일본 사회에 대한 분노로 몸서리를 친다. 이들이 일본 경찰에 대해 드러내는 분노는 전후 일본사회에 균열을 일으키며 식민지배에서 연유한 문제들이 전후 일본사회에 여전히 이어지고 있음을 재일코리안 당사자들의 입을 통해 보여주고 있는 것이다.

전후 일본은 한국전쟁 이후 1954년 말부터 1957년 중반까지 폭발적인 호경기가 이어졌다. 이른바 '진무경기(神武景氣)'의 시대인데, 이후 국제수지 악화가 이어지면서 이듬해인 1958년 6월까지 디플레이션 현상이 나타난다. 그리고 1958년 후반부터 다시 경기가 호전되는데, '아파치족' 사건은 이 두 호경기 사이의 불황기(なべ底不況)에 일어났다. 생계가 막막해진 재일코리안을 비롯해 세상에서 버림받은 자들이 '아파치' 부락으로 몰려드는 상황을 통해 당시의 불황과 하층민의 상황을 짐작할 수 있다.

이후 '아파치족'과 경찰 사이의 대치상황이 계속되면서 '아파치부락'은 지옥으로 변하고 증오심과 공포심이 날로 커져가는 모습이 8장에 그려져 있다. 이들을 단속하는 일본 경찰은 "거기 사는 조선인은 사람이 아냐. 괴물들이야. 거긴 지옥 1번지야"(2권, p.19)라고 공공연히 떠들어대는데, '괴물'이나 '지옥'이라는 표현에는 공포스러운 어감보다 비루하고 흉한 멸시의 시선이 들어 있음은 물론이다. 이와 같이 전후 일본의 재일코리안 표상에는 도시의 실업자 내지는 부랑자 등의 이미지가 강했다.15) 드디어 '아파치족'에 대한 경찰의 대대적인 단속이 가속화된다.

그날의 각 석간신문에는 일면 톱으로 〈아파치족 116명 체포〉라는 기사가 실렸다. 히가시 경찰서와 도경 수사3과 합동으로 은밀히 조사한 뒤, 경찰관 350명을 동원해 소탕작전을 전개했다고 쓰여져 있다. 신문에는 쏴 올린 조명탄 불빛에 노출되어 사방으로 도망치는 모습과 경찰관에게 목덜미가 붙잡힌 채 경찰봉으로 얻어맞고 머리를 감싸고 있는 모습, 경찰견에게 바지를 물려 쓰러진 모습 등 우스꽝스럽고도 무참한 아파치족의 사진이 대문짝만하게 실렸다.

"이건 온통 흥미 위주로만 갈겨썼군. 우리의 살 권리에 대해선 도무지 관심도 없어!"(1권, p.221)

위의 인용에서 보듯이, '아파치족'과 경찰이 대치하고 있는 모습이 우스꽝스럽고 흥미 위주로 취급되고 있는 모습이 그려지고 있는데, 이러한 정황은 "고물이 없으면 먹고 살 수 없는 사람들이 있는 것은 확실하다"(『朝日新聞』大阪, 1958년 8.1.夕刊)라는 표현이나, '아파치족'에 대한 대대적인 단속이 있었을 때 "대수롭지 않은 여름용 스릴러가 아닌가"(『朝日新聞』大阪, 1958년 8.2. 夕刊)라고 가볍게 치부한 신문 기사를 통해서도 짐작할 수 있다.

'아파치 부락'은 10월에 있었던 단속으로 전멸했음에도 불구하고 이후에도 경찰을 교란시키며 활동하고 있는 모습을 보인다. 소설 속의 이러한 장면은 당시 신문기사에는 보도되지 않기 때문에 실상을 알 수 없으나, 단속하는 경찰을 피해 오사카 성벽을 기어오르는 '아파치족'의 생사를 건 싸움을 과장되고 우스꽝스럽게 그림으로써 자신들에게 쏟아진 조소와 멸시를 조롱으로 맞받아치며 전후 일본의 권위적 지배 속에서 고립되고 억압된 재일코리안의 욕망을 유쾌하게 깨어나게 하고 있다.

---

15) 박삼헌, 「일본의 고등학교 교과서에 나타난 재일코리언의 표상」, 『일본학보』 102집, 2015.2, p.218.

3. 연쇄되고 확장되는 '아파치 부락'의 서사

『밤을 걸고』의 전반부가 '아파치 부락'으로 호출된 재일코리안 집단이 전후 일본사회에 균열을 일으키며 일본 내에서의 문제를 제기하고 있다고 한다면, 후반부인 9장부터 12장까지는 일본 경찰과 8개월간에 걸친 공방 끝에 결국 해체된 재일코리안 부락민이 이후 남북한과 일본이 교차하는 경계에서 집단적이고 역사적인 의미망이 확장되는 이야기가 그려져 있다.

'아파치 부락'의 밑바닥 생활에서 허덕이던 부락민들은 해체 이후 북한으로 귀국하는 것이 자신들의 꿈을 실현할 수 있는 유일한 길이라고 여겨 북한으로의 귀국운동에 동참한다. 후반부에서 중점적으로 그려지는 인물 김의부는 부락을 빠져나와 창고를 털며 돌아다니다 오무라 수용소에 갇히게 되는데, 그의 석방을 기다리는 하쓰코의 헌신적인 사랑이 그려지는 가운데 인권사각지대에 놓여있는 수용소의 문제와 그 안에서 일어나는 조총련과 남북의 대립이 집중적으로 서술되고 있다.

오무라 수용소는 범법자나 밀항자를 수감해 본국으로 강제 송환시키는 시설이었다. 패전한 일본이 미군의 점령 하에 놓이면서 연합군 총사령부의 불법 입국을 억제하는 규정 하에 일단 조선으로 귀국한 자들의 재입국이 인정되지 않았다. 1947년에는 외국인 등록령이 시행되었고 1952년 샌프란시스코 조약의 발효로 재일코리인은 모두 외국인으로 규정되기에 이른다. 이에 따라 오무라 수용소가 한국에서 밀항해온 조선인을 본국으로 강제 송환시키기 위해 일시적으로 수용하는 장소로서 기능하고 있었다. 그런데 수용소에는 밀입국자 외에 법규 위반자도 함께 수용되어 있었다. 즉, 형무소도 아닌 수용 시설에 밀입국자든 형벌법령

위반자든 강제송환을 거부한 자들이 형기와 상관없이 장기로 구속되어 있었고, 이곳에서는 인간의 존엄성을 짓밟는 행위가 일어나고 있었던 사실이 소설에 상세히 그려져 있다.

'아파치 부락'의 해체 이후 김의부는 재판에서 집행유예 언도를 받고 석방될 것을 기다리고 있었는데, 재판이 끝나자마자 밀입국자로 처리되어 구속된 이후 오무라 수용소에 갇히게 된다. 물론 김의부는 한반도에 건너간 적도 없고 밀입국했다는 것도 사실무근이었지만, 일단 혐의가 씌워지고 난 이후에는 비인도적인 취조를 당해야만 했다. 일반 형무소보다 더 혹독한 취조와 폭행이 자행되는 수용소 생활 속에서 김의부를 비롯한 재일코리인들에게 시간이 갈수록 분노와 증오가 증폭되었다. 그리고 자신들을 강제 수용하고 있는 당국에 대해 풀 길 없는 분노가 재일코리안 내부의 남북 갈등으로 표출되는 경우도 있었다. 특히 한국전쟁 발발 후 재일코리안 조직도 조국에서 일어난 전쟁의 영향을 받아 갈등과 분열이 일어나는데, 이를 오무라 수용소에 갇혀 있는 사람들을 통해서도 살펴볼 수 있다. 조총련과 민단 조직에 각각 속해 있는 사람들이 비인도적이고 불합리한 상황 속에서 수용소에 모여 지내다보니 한정된 공간에서 조총련과 민단의 갈등이 자주 빚어졌다. 다음은 같이 수용소에 갇혀 있는 김남희가 김의부에게 하는 이야기인데, 여기에서도 재일코리안 사이에서 벌어진 남북 갈등의 모습을 확인할 수 있다.

　　3동하고 4동에는 각각 '남쪽 조직'과 '북쪽 조직'이 수용되어 있어. 거긴 일본에서 살던 우리와는 달리 한국에서 밀항해온 사람들이 대부분인데, 한국으로 송환되면 처벌받을지도 모르는 정치범도 섞여 있어. 그런 사람들은 국제법에 나오는 국적 선택의 자유를 내세우며 북한으로 귀국하겠다고 주장하고 있어. 작년 12월에 1차 북송선이 니가타에서 출항했지만, 북한으로 귀국하자는 운동이 처음 시작된 건 이 오무라 수용소야. 이 시설이 만들어졌을 때부터 벌써 시작되고 있었지. 그게 십 년 가까이 지난 작년에야 겨우 실현된 셈이야. 하지만, 그렇게 실현되기까지 얼마나 많은 희생을 치렀는지 아나? 일본 정부의 의향을 전해들은 수용소 측과 남쪽 조직이 북한으로 귀국하는 걸 저지하는 과정에서 수많은 사람들이 희생되었네. 그건 지금까지도 계속되고 있어. 북쪽 조직과 남쪽 조직은 요즘도 거의 매일 싸움질이야. 북쪽 조직의 사람이 남쪽 조직의 사람한테 집단으로 폭행을 당해 피투성이가 된 채 병원에 실려 가면, 이번엔 북쪽 조직이 남쪽 조직에게 복수를 하지. 우리 민족은 도저히 구제불능이야. 대체 언제나 좀 조용해지려는지……"(2권, p.119)

재일코리안 사회에서 민단과 조총련의 대립은 조국 한반도가 남과 북으로 분단되고 한국전쟁을 겪으면서 심화되었다. 특히 1959년 북한으로의 귀국운동이 시작되고 나서 이러한 갈등은 더욱 심해진다. 위의 인용에서 보이는 오무라 수용소 내의 남북 갈등도 당시의 상황을 잘 보여주고 있다. 수용소 측과 수용자들의 공방전이 한반도의 변화하는 정세 속에서 재일코리안 내부의 남북갈등으로 대치되면서 수용소의 소요 상태가 1960년대 초반까지 이어지고 있는 상황을 소설에서 상세히 보여주고 있다.

작중인물 김의부는 굳이 따지자면 조총련계 사람으로 설정되어 있지만, 어느 한쪽에 치우치는 모습으로 그려지지는 않는다. 다만 소설의 시점이 북한으로의 귀국운동이 한창일 때이기 때문에 북한으로 귀국하는 사람들의 경위를 중심으로 재일코리안 사회의 남북 갈등을 그리고 있는 것이다. 작자 양석일은 초기의 단편소설 『제사(祭祀)』(1978)에서도

"우리 동포들에게 두드러진 특징은 두 사람이 모이면 의견이 다르고, 세 사람이 모이면 분열 상태를 초래한다는 것이다"[16]고 하면서 조국의 남북 갈등을 그대로 재일코리안 사회에 대변시키고 있는 문제점을 지적한 바 있다. 식민지배가 끝난 이후에도 동일한 내셔널리티로 회복되지 못한 전후 재일코리안 사회의 집단적이고 역사적인 문제가 이곳 오무라 수용소 이야기를 통해 잘 나타나 있다.

이러한 재일코리안 사회의 갈등과 분열을 가장 상징적으로 보여주는 인물이 바로 김의부이다. 큰아들은 북송선을 타고 북측으로 귀국해 힘든 생활을 하다 죽고, 작은 아들은 남한으로 가려고 한다는 이야기를 장유진에게 털어놓으며 민주화가 아직 이루어지지 않은 남한도 위험하기는 마찬가지라면서 반대하고 있다는 이야기가 소설의 마지막 부분에 그려지고 있다. 김의부의 가족사는 재일조선인사회에 보이는 남북의 대립과 갈등을 단적으로 잘 보여주는 예이다. 김의부의 석방을 위해 백방으로 힘쓴 하쓰코의 노력이 결실을 맺어 드디어 수용소에서 풀려난 김의부는 예전의 병기제조창 터에 오사카 삼림공원이 완성된 광경을 보면서 '아파치족'으로 활동했던 과거를 다음과 같이 떠올린다.

도망칠 수 없는 현실에서 도망치기 위해 사람들은 환상에 빠져드는 것이다. 환상의 국경을 넘어 직면한 현실은 또다시 살아간다는 대전제를 위한 고투의 연속이다. 사람은 죽는 순간까지 삶을 강요당하는데, 인간에게 자연사 따윈 있을 수 없다. 그것 역시 환상이다. 강 건너 저편에서 죽은 아파치족도 환상이었을까? 병기제조창 자리는 이미 흔적도 없이 사라졌다. 그 자리도 환상이었단 말인가? 빗속에

---

16) 양석일, 「제사」, 『在日동포작가 단편선』, 소화, 1996, p.26.

서 우두커니 서 있는 김의부는 자신에게 묻는다. 아파치족의 일원으로서 생존을 위해 싸웠던 김의부는 과연 실제로 존재했던 것일까? 용감무쌍한 아파치족의 일원이었던 그의 존재를 실증할 만한 흔적은 이제 어디에도 존재하지 않는 것이었다.(2권, p.207)

위의 인용은 12장의 마지막 부분으로, 이제는 흔적조차 없는 구 조병창 터에서 식민의 기억과 남과 북의 경계를 넘는 '환상'을 꿈꾸는 김의부의 모습이 그려져 있는데, 이는 김의부라는 인물의 개인적인 차원을 넘어 재일코리안 사회의 현재적 모습을 중의적으로 보여주고 있다고 할 수 있다. 식민지배의 유물로 남아 전후에도 군국주의의 잔해 위에서 살다 결국 분단된 조국의 어느 한쪽으로 내몰린 '아파치 부락'의 이야기는 식민과 전쟁이 재일코리안 사회에 연쇄되고 있음을 보여주는 동시에 아직 끝나지 않은 일본 전후의 문제를 환기시키고 있는 것이다. '아파치 부락'은 해체되었지만 이곳에서 제기된 문제들은 고도경제성장기를 맞고 있는 전후 일본의 균질화된 질서에 균열을 일으키고, 한반도의 남북 관계와 연동해 조국 지향 혹은 일본 정주라는 길항 속에 새롭게 재편되는 1960년대 재일코리안 사회의 동시대적인 상황으로 이어지고 있다.

4. 단절과 연속의 재일코리안 서사

전술했듯이, 소설의 마지막 13장은 '아파치 부락'이 형성된 1958년과 해체된 이후 1960년대 초반까지의 시점으로부터 30여 년이 지난 1993년 시점을 그리고 있다. 작자 양석일의 모델로 그려진 장유진이 오사카

공원에서 열린 '원 코리아 페스티벌'에 참석해 과거를 회상하는 이야기이다. 하늘 높이 솟아오른 오사카 성을 배경으로 아름답게 꾸며진 넓은 공원을 둘러보며 과거 이곳에서 활약했던 '아파치족'에 대해 전혀 모르는 세대의 강신기라는 작중인물에게 당시의 이야기를 들려주면서 이곳이 재일코리안이 "폐허에서 쇳덩이를 캐내 그걸로 근근이 생활했"던 곳이라고 설명하고 있다. 그리고 자신과 마찬가지로 페스티벌을 보러 온 김의부를 우연히 만나 메탄가스를 뿜어내던 수렁이 어느덧 유람선이 떠다니는 공간으로 변해버린 '아파치 부락' 일대를 바라보며 예전의 기억을 떠올린다. 두 사람은 완전히 변해버린 일대를 돌며 예전의 '아파치 부락'을 떠올리게 하는 판잣집 두 채를 발견하지만, 주변이 완전히 변해버려 역시 옛날 모습을 찾을 수 없다는 이야기를 나눈다. 그리고 김의부는 장유진에게 오무라 수용소에서 체험한 일들을 들려준다. 장유진은 '아파치 부락' 사람들이 이후의 삶을 어떻게 보내고 있는지 김의부와 이야기를 나누고 헤어진다. 그리고 다음과 같이 생각한다.

> 뭔가 개운치 않은 느낌이었다. 대화의 마디마디에 괴로움과 그리움, 그리고 채울 수 없는 세월의 공백이 가로놓여, 서로 어색한 분위기에서 제대로 터놓고 얘기를 나누지 못했다. 이것은 현실에 대한 안타까움이자 자기 자신에 대한 안타까움이었다. 장유진은 다시 한 번 공원의 풍경을 둘러보았다. 새들이 지저귀고, 나뭇잎 사이로 스며드는 햇살 아래에서 연인들이 사랑을 속삭이고, 노인들이 조깅으로 땀을 흘리고 있다. 이 얼마나 평화로운 풍경인가. 이곳의 풍경은 마치 이 나라의 평화를 상징하고 있는 듯하다. 예전에 이곳에 아시아 최대의 병기공장이 자리 잡고 있었다는 사실을 아는 이는 거의 없다. 8월 14일에 B29의 폭격을 받아 파괴되고, 그 뒤에 재일동포가

그 잔해를 파내어 근근이 생활했다는 사실을 아는 이들도 거의 없
다. 모든 게 땅속 깊숙이 파묻힌 채, 그 자리는 아름다운 공원으로
바뀌었다.(2권 p.245)

위의 인용과 같이 1993년 현재 시점에서 장유진이 떠올리는 1950년
대의 '아파치 부락'의 기억은 1960년대 이후의 과정이 그려지지 않고 시
대를 건너뛰어 일어나고 있기 때문에 끊임없이 기억되고 회상되고 있다
기보다는 '원 코리아 페스티벌' 같은 후세대의 이벤트를 계기로 파편적
으로 일어나고 있는 느낌을 준다. 그리고 이러한 회상은 주위에서 '원
코리아 페스티벌'의 '하나'를 외치는 구호소리에 이내 묻히고 그 이상의
이야기로 전개되지 않는다.17) 앞서 살펴본 바와 같이 선행연구에서 "혼
란한 구성" 혹은 "무리한 구성"으로 소설이 전체적으로 분열되어 있다고
하는 지적이 나오는 이유이다. 즉, 근대소설에 전형적으로 있는 소설
전체를 통어하는 시점이 일관되지 않고 전반부와 후반부가 나뉘어 있는
데다 마지막의 13장은 소설 내용의 시간상 연속성을 발견하기 어려운
것이 사실이다.

그렇다면 소설의 세 부분을 전체적으로 연결시켜 하나의 장편으로
만들고 있는 이 소설의 기제는 어디에서 찾아야 하는가? 그것은 바로
우연한 기회에 언제든지 공적인 기억으로 회수될 수 있는 당사자로서의
재일코리안의 삶 자체에 있는 것이 아닐까 생각된다. 재일코리안의 삶
은 어느 한 지점에서 초월적으로 부감되고 통어되기보다 시간의 추이와

---

17) 임상민은 '원 코리아 페스티벌'에서 외치고 있는 '하나'라는 구호에 재일코리안
사회에 분열된 양상으로 나타나고 있는 '다름'을 서로 받아들이고자 하는 의미가
들어 있음을 지적하고 있다(林相珉, 「「ハナ」の政治学―梁石日『夜を賭けて』論―」,
『九大日文』 12, 2008.10, p.77).

더불어 일본이나 한반도를 둘러싼 주변의 변화와 연쇄해 기억이 소환되고 집단적이고 역사적인 공적인 문제로 회수될 수 있는 것이다. 이러한 기제에서 바로 재일코리안 문학의 '당사자성'을 찾을 수 있다.

1990년대에 들어가면서 재일코리안 사회를 둘러싸고 여러 변화가 생겼다. 1991년에 일본군 위안부 피해자 김학순의 증언이 있었고, 1993년에는 일본군 위안부 문제에 일본 정부가 직간접적으로 관여했다고 인정한 고노 요헤이(河野洋平) 내각관방장관의 고노 담화가 발표되었다. 그리고 1995년에 한반도 침략과 식민지배에 대해 공식적으로 사과한 무라야마(村山) 담화가 이어졌다. 이와 같이 일본 식민지배에 대한 중요한 증언이 나오고 있던 시기에 양석일의 『밤을 걸고』가 발표된 것이다. 식민지배에서 전후로 이어지는 과정에 겪었던 재일코리안의 삶이 전후 50년이 지난 시점에서 다시 환기되고 있는 것은 재일코리안 사회의 현안의 문제들이 당사자로서 현재진행형으로 있기 때문이다.

이와 같이 재일코리안이 전후 일본에서 직접 체험해온 문제들은 여전히 해결되지 않은 현안의 문제로 남아 있기 때문에 언제든 우연한 기회에 소환될 수 있는 것이다. 초월적인 통어가 없는 이 소설의 구조가 오히려 재일코리안의 당사자로서의 삶을 잘 표현해주고 있는 것이 아닐까? 소설에서 보여준 '아파치 부락'의 단절과 연속의 서사양식은 재일코리안 문학의 의미를 어디에서 찾을 것인지를 묻고 있는 것이기도 하다.

제2부

재일코리안 서사의 원점과 확장

V. 1950년대 '재일조선인'의 문화운동

1. 서클시지 『진달래』

2015년을 지나며 한국과 일본은 각각 '해방 70년'과 '전후 70년'을 맞이했다. 그리고 재일조선인[1]은 또 하나의 '재일 70년'을 맞이했다. 그런데 70년이라는 시간차가 무색할 정도로 최근 일본에서는 패전 직후에 대한 연구가 활발하다. GHQ 점령기의 검열문제를 살펴볼 수 있는 프랑게문고의 자료 연구를 비롯해, 전후문화운동 서클 잡지의 복각이 이어지고 관련 연구도 괄목할 만한 성과를 내고 있다.[2] 제국이 해체되고 냉전과 탈냉전을 지나온 현재, '기록'과 '기억'을 둘러싼 또 다른 전쟁이 시작되고 있는 것이다.

이 글은 재일 70년을 맞이한 재일조선인이 전후 일본에서 어떻게 대중적 기반을 마련하고 자신들의 생각을 어떻게 표출했는지 그 원형(原型)을 고찰하기 위한 것이다. 이는 재일조선인 개별 작가의 문학이나 활동을 넘어 집단으로 호출되는 '재일조선인' 문화운동의 양상을 찾아보려

---

1) '재일조선인'이라는 명칭은 현재 재일코리안(Korean-Japanese)이 놓여있는 다양한 상황, 즉 재일조선인과 재일한국인, 그리고 일본에 귀화한 사람들을 포괄하는 데 한계가 있을 뿐만 아니라, '조선인'이라는 명칭이 일본인이 일제강점기 이래 이민족으로 구별 짓기 위해 일본 국내에서 불러온 차별적 성격을 띠기 때문에 그 사용을 지양하고자 하나, 본고에서는 1950년대 상황에 한정해서 고찰하고 있는 까닭에 동시대에 통용된 문맥을 살리는 의미에서 '재일조선인'이라는 명칭을 그대로 사용하기로 한다.
2) 대표적인 연구성과로 재일조선인 서클운동을 포함해 전후 일본의 문화운동을 종합적으로 검토한 우노다 쇼야 외의 연구가 있다(宇野田尚哉 外, 『「サークルの時代」を読む―戦後文化運動への招待―』, 影書房, 2016).

는 것으로, 전후 최대의 재일조선인 거주지 오사카에서 대중적 표현기반을 획득한 서클 시지(詩誌)『진달래(ヂンダレ)』를 대상으로 이를 고찰하고자 한다.

『진달래』는 1953년 2월에 오사카(大阪)의 '조선시인집단(大阪朝鮮詩人集団)'의 기관지로 창간되어 1958년 10월에 20호를 끝으로, 이듬해 1959년 2월에 해산되었다. 김시종이 편집 겸 발행을 맡았고, 오사카를 중심으로 시 창작과 비평, 르포르타주 등의 내용을 실었다.

『진달래』는 이른바 '서클지'로 출발했다. '서클지'는 아직 공산주의 사상으로 조직화되지 않은 소수의 아마추어들이 중심이 되어 정치운동의 기반을 넓힐 목적으로 조직한 서클운동의 기관지였다. 서클지를 통해 동료를 늘려 운동의 저변을 확대해간 소비에트 문화정책운동이 일본에 들어온 형태라고 할 수 있다.

『진달래』는 한국전쟁이라는 민족적 위기에 직면해 재일조선인이 "정치적인 각성을 위한 자장(磁場)"[3]으로서 발간한 잡지였다. 오사카의 재일조선인들이 지역별로 회합을 갖고, 모임이 끝난 한밤중에 다시 모여 경찰의 눈을 피해 등사판 종이를 긁어 매호 발간해간 이른바 풀뿌리 민주주의였다. 그런데『진달래』의 이러한 창간 당시의 취지는 도중에 재일조선인 좌파조직의 노선이 바뀌는 과정에서 변화를 겪게 되었고, 이윽고 폐간되기에 이른다. 재일조선인이 당시에 놓여있던 상황을 간단히 살펴보면 다음과 같다.

조선인 공산주의자는 코민테른시대의 일국일당주의 원칙에 따라 일본 공산당 내에 '민족대책부(민대)'로 구성되어 지도를 받고 있었다. 해

---

3) 梁石日,『アジア的身体』, 平凡社ライブラリー, 1999, p.152.

방 후에 '재일본조선인연맹(조련)'이 결성되었고, 조련이 강제 해산된 후에 재건된 '재일조선통일민주전선(민전)'은 모두 '민대'의 방침을 따르고 있었다. 따라서『진달래』도 '민대' 중앙본부의 문화투쟁 강화 지령에 의해 서클지로 창간된 것이다. 그런데 한국전쟁이 발발하고, 1953년에 스탈린 사망, 이후 동아시아의 국제정세가 재편되는 과정에서 1954년 이후 일국일당주의를 수정해 외국인 공산주의자는 거주국의 당이 아니라 조국의 당의 지도를 받는 체제로 노선이 전환되었다. 특히, 1955년 5월에 '민전'이 해산되고 이어서 '재일본조선인총연합회(총련)'가 결성된 후에는 재일조선인 공산주의자가 일본공산당의 지도에서 벗어나 조선노동당의 지도를 직접 받는 상황으로 바뀌었다. 이에 종래 표현수단이 비교적 자유롭던 상황이 이제 조선인은 조선어로 조국을 표현해야 한다는 강제적인 상태로 바뀌었고, 내용적으로도 공화국의 교조적인 사상으로부터 자유롭지 못하게 되었다.

이러한 변화 속에서『진달래』의 서클지적 성격도 달라졌다. 김시종을 비롯한 5인의 당원과 시 창작 경험이 없는 사람들로 창간된『진달래』는 대중적 기반의 문화투쟁의 장이었던 것이 내부 갈등과 논쟁이 이어지는 가운데 점차 참여 멤버들이 이탈해갔고, 결국 20호로 종간을 맞이한 1958년에는 김시종, 정인, 양석일 3인만이 남은 동인지 형태가 되었다. 오사카 재일조선인 집단의 대중적 문화운동의 기반으로 시작된『진달래』는 이렇게 해서 종간에 이르게 된 것이다.

이와 같이『진달래』의 성격이 변화해간 과정에 대해 이승진은 정치 선전을 위한 서클지로 탄생했지만 점차 이러한 정치적 목적에 대치하면서 역설적으로 '재일'의식을 발아시켰다고 설명했다.[4] 또한 마경옥은 『진달래』의 내부갈등과 논쟁에 대해 자세히 소개하면서 이러한 과정이 재일 스스로 자신의 정체성에 눈을 뜨게 해 정치적 입장을 벗어버리고 재일이라는 현실적 상황 속에서 자신들의 존재방식을 이야기해야 한다는 창작의 노선변화가 있었다고 설명했다.[5] 즉, 두 선행연구 모두 서클지로서 창간된 『진달래』가 도중에 성격이 바뀌면서 '재일'의식과 정체성을 강조하게 되었다고 설명하고 있는 것이다. 그리고 이러한 주장은 우노다 쇼야가 『진달래』 논쟁을 통해 '재일' 2세'라고 하는 의식이 명확히 정식화되었고, 여기에 '재일문학의 원점'이 있다고 말한 논리와 맥락을 같이 하고 있다.[6]

그런데 '재일'의식이나 정체성이라고 하는 개념이 일본에 살고 있는 실존적 삶에 대한 의미 표명으로서 중요한 것은 분명하나, 그것이 예컨대 조국지향이나 민족문제를 제기하는 것에 대한 대항적 논리로 성립될 이유는 없다. 우노다 쇼야가 말한 대로 『진달래』가 '재일문학의 원점'이라고 한다면 이는 재일 2세로서 일본에서 살아가는 실존적 삶에 대한 의미로 이해할 수 있는 측면도 있지만, 본고는 '원점'을 오히려 그 이전의 문제군에서 찾을 필요가 있다고 생각한다. 즉, '재일'이라고 하는 말이 전후 일본사회에서 집단으로 소환된 개념이라는 사실을 간과해서는 안 될 것이다.

이러한 의미에서 이 글은 『진달래』가 소수정예의 문예동인지적 성격으로 변모하는 후반보다 오히려 시를 한 번도 써보지 못한 아마추어들

4) 이승진, 「문예지 『진달래(ヂンダレ)』에 나타난 '재일'의식의 양상」, 『일본연구』37, 중앙대학교 일본연구소, 2014.8, p.90.
5) 마경옥, 「1950년대 재일서클시지 『진달래』연구-『진달래』의 갈등과 논쟁의 실상-」, 『일어일문학』67, 2015.8, p.164.
6) 宇野田尚哉, 「東アジア現代史のなかの『ヂンダレ』『カリオン』」, 『「在日」と50年代文化運動』, 人文書院, 2010, p.28.

의 정제되지 않은 시 창작으로 시작된 초기 형태에 초점을 맞추어, 대
중적 기반으로서 『진달래』가 담아낸 재일조선인들의 원초적인 목소리
와 이들의 집단적 총화로서의 성격을 고찰하고자 한다. 집단의 목소리
를 원초적으로 낸 이 시기야말로 재일조선인 문화운동의 원점으로서 『
진달래』가 갖는 의미를 새롭게 조명해줄 것으로 생각된다.

2. 재일조선인의 생활과 표현

1) 주체적인 재일조선인의 표현 공간

『진달래』는 6년을 채 이어가지 못한 채 해산되었지만, 1950년대 당시
의 변화하는 국제정세 속에서 이념이나 정치성을 띠는 조직 자체가 이
합집산을 반복하던 당시의 상황을 감안하면 결코 짧은 기간이라고 할
수 없다. 더욱이 『진달래』에 투고된 많은 시들이 지금까지 한 번도 시를
창작해보지 않은 사람들이 열정으로 노래한 것임을 생각하면 1950년대
재일조선인의 생활의 '기록'으로서의 의미는 매우 크다고 할 수 있으며,
이들이 '시'라는 표현수단을 획득해가는 과정에서 보인 비평적 시선을
주의 깊게 읽어낼 필요가 있다. 전후 일본사회에서 재일조선인이 어떠
한 목소리를 담아내고 있었는지, 『진달래』의 주된 내용을 살펴보자.

『진달래』에 실린 시를 우노다 쇼야는 크게 두 종류로 나누어, 조국의
전쟁을 일본에서 지켜보며 노래한 '투쟁시'와 일본에서 조선인으로 살아
가는 생활을 노래한 '생활시'로 구분해서 설명하고 있다.[7] 그런데 재일

---

7) 宇野田尚哉, 위의 책, p.23.

조선인 문학이 집단적인 성격을 띠는 데에는 정치성이나 사상, 민족, 생활 문제 등이 복합적으로 얽혀있기 때문에 '투쟁시'와 '생활시' 두 가지로 명확히 나누기 어렵다. 또한 작품의 소재가 개인의 이야기보다는 '재일'의 삶 속에서 생기거나 공동의 영역에 속하는 집단의 문제를 다룬 것도 많다. 그리고 한국전쟁을 계기로 GHQ의 점령에서 벗어나고 전쟁 특수로 인해 고도의 경제성장을 이루어가는 시점의 전후 일본에서, 재일조선인이 해방된 민족임에도 불구하고 조국에서 벌어지는 참상을 멀리서 지켜보며 마이너리티로 살아가야 했던 당시의 현실을 생각해보면, 재일조선인에게 '투쟁'과 '생활'은 별개로 나뉠 수 없는 문제이다. 따라서 시 작품들을 위의 둘로 나눠서 성격을 구별 짓기보다는 해방 후에 재일조선인들이 낸 원초적인 다양한 목소리가 발현된 양태를 고찰해, 1950년대 재일조선인의 생활을 종합적으로 살펴보는 것이 중요하다.

『진달래』의 창간호 「편집후기」에서 밝히고 있는 바와 같이, 시 창작을 해보지 않은 아마추어 재일조선인을 포함해 '조선시인집단'으로 주체를 명확히 하면서 "오사카에 20만 여명의 동포"의 "생생한 소리"를 담아내는 장으로, "진리추구라든가 예술시론이라든가 하는 그러한 당치도 않은 기대가 아니라 우리들의 손에 의한 우리들의 모임으로서의 자부"로 『진달래』는 창간되었다. 즉, 스스로의 힘으로 자신들의 표현의 장을 만들어낸 자주적이고 주체적인 표현의 장을 마련한 것이 『진달래』 창간의 우선 주목할 만한 특징이라고 할 수 있다. 재일조선인이 왜 시를 쓰고, 어떠한 시를 써야하는지, 『진달래』 창간호(1953.2)의 「창간의 말」에 다음과 같이 적고 있다.

시란 무엇인가? 고도의 지성을 요구하는 것 같아서 아무래도 우리
들에게는 익숙하지 않다. 그러나 너무 어렵게 생각할 필요가 없을 것
같다. 이미 우리들은 목구멍을 타고 나오는 이 말을 어떻게 할 수 없
다.(중략) 우리들의 시가 아니더라도 좋다. 백년이나 채찍아래 살아
온 우리들이다. 반드시 외치는 소리는 시 이상의 진실을 전할 수 있
을 것이다. 우리들은 이제 어둠에서 떨고 있는 밤의 아이가 아니다.
슬프기 때문에 아리랑은 부르지 않을 것이다. 눈물이 흐르기 때문에
도라지는 부르지 않을 것이다. 노래는 가사의 변혁을 고하고 있다.(1
호, 1권, p.13)[8]

위의 인용에서 보듯이, 연약하고 감상적인 서정성을 떨쳐내고 내면
에서 분출하는 목소리를 표출해내려는 결연한 의지가 엿보인다. 흥미로
운 것은 '우리'를 강조하고 있다는 사실이다. "우리들은 이제 어둠에서
떨고 있는 밤의 아이가 아니다"고 하는 말에서 어둠이 이미지화하는 내
밀성에 침잠하는 약한 모습을 부정하고, 집단적인 연대로 변혁할 것을
선언하고 있다. 이는『진달래』의 창간이 고립되지 않고 집단적으로 연
대하는 결속의 장으로서 의미를 갖는다는 사실을 강조하고 있는 것이
다. 대중적 기반의 저변을 확보하려는 서클지로서의 성격이 드러나는
부분이라고 할 수 있다.

3호에 「『진달래』 신회원이 되어」라는 에세이에서 김천리는 다음과
같이 이야기하고 있다.

---

8)『진달래』에 실린 글의 인용은 모두 [재일에스닉연구회 옮김,『오사카 재일조선인
  시지 진달래·가리온』(1~5), 지식과 교양, 2016]에 의한 것이고, 오역이나 맞춤법
  등 잘못된 표기는 수정해 인용했다. 이후, 서지는 인용문 뒤에 호수, 권수, 쪽수만
  표기하기로 한다.

짬이 없는데 시를 쓸 수 있을까? 그런 태평스런 일이 가능할 리 없
다고 나도 생각했다./ 창간호를 낸 동무들이 함께 하자고 권유했을
때는 사실 귀찮기 짝이 없었다. 『진달래』를 보면 대단한 것도 아니고
이런 책을 들고 다니며 "저는 시인입니다"……하고 말하는 듯한 얼굴
을 빈정거리듯 보고 있었다. 그러던 어느 날 밤 심심풀이 삼아 읽어
보았는데 뭔가 뭉클하게 가슴을 파고드는 것이 있지 않은가! (중략)
우리들은 시인이다. 우리들의 시는 고상한 시가 아니다. 현란한 사랑
을 노래하는 시 또한 아니다. 그리고 시대의 주도권을 잡고 있는 자
만이 한없이 큰소리로 웃을 수 있는 시이다./ 우리들은 시인이다!(3
호, 1권, p.161)

위의 인용에서 "우리들은 시인이다!"고 천명하고 있듯이 『진달래』에
담긴 시는 재일조선인의 집단의 노래 성격을 띤다. 문학적인 고상함이
나 수준 높은 표현의 문제 이전에, 재일조선인의 동시대에 대한 노래이
며 공동체로 이어지는 주체적인 노래인 것이다. 3호의 「편집후기」에서
김시종은 회원 9명으로 시작한 『진달래』가 30명이 된 것을 언급하며
"오사카 문학운동에 새로운 하나의 형태를 만들어 낼 것"(3호, 1권, p.174)
이라고 각오를 이야기했다. 이어서 김시종은 시를 쓰고 활동하면서 확
고한 주체로 연결되는 사명을 강조했다. 이와 같이 『진달래』를 통해 시
인임을 천명하고 시를 써가는 활동은 재일조선인이 재일의 삶을 주체적
으로 살아가려는 의지의 표명이었던 것이다.

재일조선인의 주체적인 표현에 대한 욕망은 여성 멤버의 증가에서도
확인할 수 있다. 5호에는 특집으로 「여성 4인집」을 구성했다. 감탄사를
연발하는 감상적인 어투나 일상을 담담하게 그리고 있지만, 재일조선인
이라는 일본 내의 소수성 외에도 봉건제 하의 여성이라는 이중의 굴레

를 짊어지고 살아가는 재일조선인 여성의 표현에 대한 욕망을 엿볼 수 있다.

1953년 7월에 한국전쟁 휴전협정이 조인된 후에 전술한 바와 같이 재일조선인 조직에 변동이 생겼고, 1954년 2월에는 『진달래』의 멤버가 축소 정리되었다. 제6호(1954.2)에서 김시종은 『진달래』 결성 1주년을 맞아 그동안을 되돌아보며, "거침없고 자유로운 집단"이고 싶다는 주체의식을 다시 확인했다. 6호의 목차에서는 누락되었지만 『진달래』의 활동을 기반으로 '조선문학회 오사카 지부'가 결성되었다는 소식을 전했다 (6호, 2권, p.34). 이후 아동의 작품도 실리는 등, 『진달래』의 표현주체는 점차 다양화되었다. 반면에 강렬한 어조로 집단의 분출하는 목소리를 대변하던 성격은 점차 약화되고, 개인 시인의 특집이 연속적으로 구성되는 등 자주적이고 주체적인 집단의 목소리를 대변하고자 했던 취지는 점차 문예 동인지적 성격으로 변모해 갔다.

2) 재일조선인의 공동체적 로컬리티

『진달래』는 초기에 집단적인 연대를 주창하면서 창간되었고, 이는 조선 민족으로서 일본사회에 대한 항변의 노래로 이어졌다. 이성자는 시 「잠 못 이루는 밤」에서 "구 M 조선소학교/ ……/ 어디까지/ 우리들은/ 학대받을 것인가"(2호, 1권, p.65)라고 노래했고, 홍종근은 시 「I 지구에서 동지들은 나아간다」에서 "동지들이여/ 당신들/ 조국의 자유를 지키고/ 학대받은 인민의/ 역사를 개척하기 위해/ 새 임무를 맡고/ 나아간다"(2호, 1권, p.86)고 노래하고 있다. "I 지구"는 오사카(大阪) 시 이쿠노(生野) 구에 있는 일본 최대의 재일조선인 집락촌 '이카이노(猪飼野)'를 가리킨다. 1973년 2월 이후 행정구역상의 명칭은 지도상에서 사라졌지만 현재까지 재일조선인 부락의 원초적 삶이 남아있는 상징적이고 원향(原鄉)과도 같은 공간이다. 조선 민족의 문제를 조국 한반도의 상황을 들어 노래하는 대신에 재일조선인 부락 '이카이노'로 노래하고 있는 것은 현재 살고 있는 재일의 삶 속에서 민족 문제를 인식해가려는 것을 의미한다. 한국전쟁 3년을 맞이한 3호에는 「주장-세 번째 6.25를 맞이하며」라는 글이 실리는데, 다음과 같이 이야기하고 있다.

> 우리는 일본에서 태어나 일본에서 자라 일본에서 생활하고 있다. 그리고 일본은 조국을 침략하는 미국의 발판이다. 우리들은 과거 3년 재일이라는 특수한 조건과 군사기지 일본이라는 조건 속에서 우리의 애국적 정열은 숱한 시련을 거쳐 굳게 고조되고, 크고 작건 간에 저마다 조국방어투쟁을 계속해왔다. 탄압도 고문도 감옥도 추방도 우리들의 젊은 정열과 애국심을 꺾을 수는 없었다.(3호, 1권, p.107)

위의 인용에서 보면, '재일'을 한국전쟁의 군사기지가 되어온 일본에 대항해 조국을 위해 투쟁하는 삶으로 규정하고 있음을 알 수 있다. 요컨대, '재일' 의식이나 정체성은 조국지향을 버리고 일본에서 정주하는 삶을 받아들이는 2세 때 시작되는 문제이기 이전에, 조국과는 다른 '재일'이라는 특수한 상황에 놓여 있으면서 민족적 위기에 어떻게 대처해 갈 것인가 하는 초기의 문제의식이 우선 조명되어야 할 것이다.

이러한 점에서 3호의 지면 구성은 매우 흥미롭다. 「주장」과 「권두시」에 이어 시 작품을 「단결하는 마음」, 「생활의 노래」, 「거리 구석구석에서」의 세 가지 섹션으로 구분해 싣고 있다(<그림 2>). 그 뒤로 「르포르타주」와 「편집후기」로 이어지는 구성이다.

<그림 1> 『진달래』 3호의 표지   <그림 2> 『진달래』 3호의 목차

　먼저, 「단결하는 마음」은 일본의 감옥에 갇혀있는 동료에게 연대의 손길을 내미는 이정자의 시 「감옥에 있는 친구에게」와 같이 단결과 연대를 노래한 시를 두 편 실었다. 「생활의 노래」는 "우리는 노동자/ 우리는 투쟁가/ 우리는/ 내일을 위해/ 미래를 위해/ 오늘 하루하루를 사는 자/ 오늘 하루하루를 견뎌내는 자"라고 처음에 소개하고, 다섯 편의 시를 특집 구성으로 실었다. 이 중에서 권동택의 시 「시장의 생활자」는 다음과 같이 시작한다.

　도로는 생선 비늘로 번쩍거리고 있었다/ 저고리 소매도 빛나고 있었다/ 우리 엄마는 삐걱거리는 리어카를 밀며/ 오늘도 중앙시장 문을 넘는다/ 생선창고 근처 온통 생선악취 속을/ 엄마는 헤엄치듯/ 걸어갔다// 여자아이가 얼음과 함께 미끄러져 온 물고기를/ 재빨리 움켜쥐고 달아났다/ 갈고리가 파란 하늘을 나는 고함소리와 함께// 어

두운 쓰레기장에는 썩어 짓무른 생선더미, 생선더미/ 그곳은 파리들
의 유토피아였다/ 엄마는 그 강렬한 비린내 속에 쭈그리고 앉아있다
// (3호, 1권, p.121)

위의 시에서 보이는 '중앙시장'은 현재 오사카의 코리아타운이 있는
곳으로, 재일조선인의 공동체적 로컬리티를 보여주는 공간이다. 이어지
는 홍종근의 시 「콩나물 골목」에서 "콩나물 판잣집이라/ 불리는/ 경사
진 뒷골목//(중략)// 햇빛도 보지 못하고/ 비실비실/ 자라가는 콩나물/
콩나물을 빼닮은/ 뒷골목의 삶"(3호, 1권, pp.123-124)에서도 보이듯이, 외
부의 일본사회로부터 구획 지어진 재일조선인 부락의 곤궁한 삶이 잘
드러나 있다. 3호의 「르포르타주」에서는 「서오사카(西大阪)를 둘러싸고」
(김호준)라는 제명으로 약 450만 가구의 동포가 살고 있는 서오사카를
다음과 같이 소개하고 있다.

그야말로 '돼지우리 같은' 곳이라 할 수 있는 판잣집, 목재와 판자
를 어설프게 이어놓은 오두막집 등도 수도 없이 늘어서 있다. 청년이
나 어른들은 물론 아주머니나 할머니 등이 넝마주이나 날품팔이 노
동자로 집을 비우고 있어 낮에 들러도 부재중인 집이 많아 애를 먹
었다.(3호, 1권, p.156)

앞에서 살펴본 시와 마찬가지로 위의 인용도 재일조선인 부락의 곤
궁한 생활상을 표현하고 있는데, 「르포르타주」라는 글의 성격 상 재일
조선인 부락에 대한 서술이 사실적으로 그려져 있어, 시의 표현과 비교
해 일본사회에 대한 대항적 이미지로 구성되는 힘은 약하다. 즉, 『진달
래』가 시지로 창간된 의의를 여기에서 찾을 수 있다. 전술한 「창간의

말」에서 살펴본 바와 같이, "목구멍을 타고 나오는" 원초적인 목소리를 시의 형식이 잘 표출해주고 있는 것이다. 재일조선인 부락의 공동체성이 내면으로 침잠하는 서정성을 부정하고 집단적인 결속과 연대의 노래로 힘 있고 강하게 표출되고 있음을 알 수 있다.

이와 같이 재일조선인이 집단으로 호명되는 기제로 재일조선인 부락이 언급되고 있는 예는 이후에도 계속 이어진다. 예를 들어, 4호에 김희구의 시 「쓰루하시역(鶴橋驛)이여!」에서 "조선인이 많이 타고 내리는/ 쓰루하시역은 먼 옛날부터……/ 조선 부락 이쿠노 이카이노(生野猪飼野)에 이르는 입구"라고 하면서, 어슴푸레한 홈 구석에서 살다간 아버지와 어머니를 호명하고 있다. 여기에서 '아버지'나 '어머니'는 대표성을 띠는 시어로, 대를 이어 생활해온 삶의 터전에 대한 재일조선인의 기억을 노래하고 있다.

집단으로서 '재일조선인'에 대한 인식은 대타항으로서 일본사회 속에서 구별될 때 더 분명해진다. 예를 들어, 13호(1555.10)에 실린 박실의 「수인의 수첩」에 다음과 같은 표현이 나온다.

> 일찍이 수험번호에/ 가슴 뛴 적도 있었지만/ 이 수첩의 번호는/ 수인의 칭호를 연상시킨다./ 꺼림칙한 기억에 휘감긴/ 외국인등록증이여/ 그것은 수인에게 주어진/ 판결서인 것이다.// 제3국인이라고 불리는 까닭에/ 안주할 땅도 없고/ 손발의 자유도 없다./ 단지 스스로의 뼈로/ 생활을 찾아서 계속 살아가는 사람들/ 우리 재일동포여.(밑줄-인용자, 13호, 3권, p.37)

위의 시는 박실(朴實)이 수인(囚人)으로 겪은 체험을 노래한 것인데, 이 시를 썼을 당시는 1951년 2월에 오사카의 구치소에 갇혀 있던 때였다고 시인 스스로 회고하고 있다. 죄목은 한국전쟁에서 미군이 심한 타격을 받고 있다는 기사가 실린 신문을 소지해 연합군의 '정령325호'를 위반했다는 것이다(박실, 「시와 나」, 『진달래』14호, 3권, p.168.). 박실은 이 시를 통해 미군기지화된 일본에서 조선인으로서 투쟁하는 모습을 보여주며 동포로서의 동질감을 호소하고 있다. '제3국인'이라는 말은 식민지배에서 벗어난 조선인이나 대만인에 대해서 '일본인'도 아니고 전승국 국민도 아니라는 의미에서 패전 직후 일본에서 불린 차별적 호칭이다. 후지나가 다케시(藤永壯)는 '제3국인'이라는 호칭은 패전의 혼란에 빠진 일본인이 과거 자신들이 식민지배한 민족에 대해 굴절된 반감과 혐오감을 드러내는 말이라고 설명했다.[9] 해방된 민족이지만 패전 직후의 일본에서 차별받는 민족으로 살아가야 하는 데다, 조국의 전쟁까지 겹친 1950년대 재일조선인의 삶의 복합적인 굴레를 박실의 수인의 노래가 잘 보여주고 있다.

3) '노동'으로 연대하는 '우리'

재일조선인 시적 주체가 '나'를 노래하면서 동시에 '우리'라는 민족적 주체로 연결되는 가장 대표적인 예는 '노동'을 노래하는 시에서 나타난다. 이는 '노동'이라는 개념이 갖는 의미가 빈부격차나 소외를 배태하는 현실사회에 대한 비판을 수반해 집단성으로 표출되기 때문일 것이다. 더욱이 재일조선인들은 일제강점기에 징병이나 징용으로 강제 동원되어 일본에 건너간 사람들이 대부분이기 때문에 이들이 겪는 차별적인

---

9) 후지나가 다케시, 「차별어(差別語)의 탄생, 그리고 그 기억-'제3국인(第3国人)'에 대하여-」, 『한국사연구』153호, 2011.6, p.282.

노동 현장은 조선인이라는 민족적인 문제에서 비롯된 부분이 크다.

『진달래』에 노동을 노래하는 시가 다수 실려 있는데, 그중에서도 특히 재일조선인 여성의 노동 문제를 그리고 있는 시가 많다. 이는 재일조선인으로 느끼는 민족적 차별 외에 가부장제 하에서의 차별까지 이중의 굴레가 재일조선인 여성에게 씌워져 있기 때문이다. 시 창작의 동인은 이러한 이중의 차별에서 연유하는 부분이 클 것으로 추측되는데, 실제로 시에서 어떻게 표현되고 있는지 살펴보자.

7호(1954.4)의 이정자의 시 「노동복의 노래」는 "아프더라도 꾹 참으렴./ 내 손 안의 노동복이여./ 내가 너의 천을/ 산뜻한 옷으로 만들어 주겠다/(중략)/ 나의 사랑하는 노동복이여/ 찢기는 것 따위는 신경 쓰지 않아도 좋다/ 꾹 참고 기다리렴/ 내가 너의 천을/ 새로운 강함으로 만들어 주마"(7호, 2권, p.69)고 노래해, 노동하는 여성으로서 느끼는 고통을 그리면서 동시에 강한 주체로 거듭나려는 결의를 그리고 있다. 같은 호에 실린 강청자의 시 「어린 재단공을 위하여」는 "암울한 나날의 노래를 혼자서 부르지 마라/ 어린 재단공인 너를 위하여/ 내가 힘껏 불러 주마/ 저 어두컴컴한 일터에서/ 힘겨운 생활로 내던져진/ 너의 어두운 소년시대의 노래를/ 나는 반드시 되찾아 줄 것이다"(p.73)고 노래하고 있다. 모두(冒頭)의 "암울한 나날의 노래를 혼자서 부르지 마라"는 프롤레타리아 문학자 나카노 시게하루(中野重治)의 "너는 노래하지 말아라"로 시작하는 시 「노래(歌)」(1926)와 유사한 2인칭 금지명령형으로 시작하고 있다. 즉, 연약하고 감상적인 모습을 떨쳐내려는 시적 화자의 결연한 의지가 보이는 시로, '너'와 연대하고자 하는 '나'의 의지표명을 통해 재일조선인 여성 노동자의 연대를 노래하고 있다.

위의 두 여성의 시가 물론 재일조선인 여성을 대표하는 것은 아니다.

그런데 위의 두 시는 재일조선인 여성에 씌워진 이중의 차별문제에 대한 자각이나 문제제기가 아직 미약한 한계를 노정하는 예로 읽을 수 있다. 그러나 1950년대가 해방된 지 얼마 지나지 않은 시점인데다 한국전쟁까지 일어나 정치적인 이슈가 큰 상황에서 재일조선인 여성들이 자신의 노동에 대해 주체적으로 자각하고 문제제기를 할 기회가 충분히 없던 시대상을 고려하면, 『진달래』가 재일조선인 여성에게 자신의 노동에 대해 그 의미를 인식하고 고통을 표출할 수 있는 장으로 기능했음을 알 수 있다.

한편, 11호(1955.3)에 실린 원춘식의 시 「파출부의 노래」에서는 24시간 일하고 있는 파출부의 노동을 이야기하면서 "그 파출부들 가운데/ 조선 할머니./ 할아버지는 제주도 고향에서 기다리고 있다던데/ 외동아들은 전쟁터에 잡혀가 서울에 있다던데./ 슬픔이란 슬픔 고생이란 고생을 모두 받아들인다는/ 그 주름을 꼭 뒤집어쓴 얼굴을/ 기쁨으로 터지게 하며/ 할머니는 떠들어대고 있다"(11호, 2권, p.335)고 노래하고 있다. 남편과 아들은 제주도와 서울에 있는데, 자신은 일본에서 하루 종일 일하는 파출부로 살아가는 재일조선인 1세 여성이 처한 현실의 슬픔을 노래하고 있다.[10] 시 속의 '조선 할머니'가 겪고 있는 노동의 슬픔은 식민에서 전쟁으로 이어진 한일 근현대사에 얽힌 문제가 초래한 것으로, 재일조선인 1세 여성의 노동을 통해 일본의 전후가 전전의 식민지배에서 비롯된 것임을 통시적으로 보여주고 있다. 개인이 처한 현실이 동시에

---

10) 권숙인은 재일조선인 1세 가족의 경우, 일본 이주 초기와 이후의 생존 자체가 목표가 되는 삶 속에서, 특히 경제상황이 좋지 않은 경우 남성뿐만 아니라 여성도 생존을 위해 일할 수밖에 없었던 상황을 설명하고 있다(권숙인, 「"일하고 또 일했어요"-재일한인 1세 여성의 노동경험과 그 의미」, 『사회와 역사』113집, 2017, pp.71-72.).

집단적인 문제로 등치되는 구조를 통해, 재일조선인 개인의 이야기가 개별적인 차원에 머무르지 않고 재일조선인 서사로 전환되는 것을 알 수 있다. 따라서 한 개인을 노래한 시이면서 동시에 재일조선인으로서의 자각을 일깨우고 있는 집단의 노래로 읽을 수 있다.

13호(1955.10)에 권경택 특집에 실린 노동의 노래는 재일조선인의 참혹한 노동현장을 잘 보여주고 있다. 「멀리서 개 짓는 소리가 들리는 한밤중에-공사장에서 낙하한 철골에 아버지의 어깨가 부서졌다」는 시를 비롯해, 「작업화」라는 시에서는 오사카역 앞의 공사에 동원된 동지들이 공사가 완성된 후에 모두 떠났는데, "와이어가 끊어지고/ 낙하하는 철골에/ 머리가 깨진 A"와 "신축빌딩 바닥에/ 고대시대의 조개껍질 속에/ 나의 찢어진 작업화가 묻혀 있다"고 노래한 부분에는 노동현장의 가혹한 현실과 노동자들의 참상이 잘 형상화되어 있다. 다만, 이러한 현실을 초래한 이유를 따져 묻거나 실천적 자각으로 동력화해가려는 심급이 아직 미진한 것은 아쉽다.

3. 재일조선인 '대중광장'의 공간

『진달래』발간 1주년을 맞이하여 김시종은 잡지의 발간 의의를 새삼 떠올리고 있다.

우리 집단도 결성한 지 어느덧 1주년을 맞이하였다. 어제와 같은 일이지만, 어쨌든 작품집 『진달래』를 5호까지 발행하고 보잘 것 없지만 그 발자취를 이곳 오사카(大阪)에 남겼다. 오사카로 말하자면

우리 조선인에게는 이국, 일본 땅에서 고향과 같은 곳으로, 거의 모
든 재류 동포가 이곳을 기점으로 모이고 흩어져가는 인연이 깊은 곳
이다. 그런 만큼 더 정이 깊다. 이곳에서 태어나 자란 우리들이 서로
모여 사랑이야기와 같은 따뜻한 이야기에서부터 왕성한 젊은 혈기로
국가를 걱정하고 사회를 논하는 이야기에 이르기까지 종류를 가리지
않고, <u>서로 문제제기를 할 수 있었던 광장이</u> 바로『진달래』였다는 것
을 생각할 때, 질적인 평가는 제쳐두더라도 그 큰 포부에 우리는 설
레고 있다.(밑줄-인용자, 6호, 2권, p.11)

위의 인용에서 김시종이 지난 1년간의『진달래』발간을 되돌아보며,
"서로 문제제기를 할 수 있었던 광장"의 역할을 했다고 말하고 있는 부
분에 주목하고자 한다.『진달래』는 재일조선인 최대의 거주지 오사카
에서 문예동인지의 성격이 아닌 서클지로 출발해 집단적 주체로서 재일
조선인이 당면한 문제들을 제기했기 때문에,『진달래』가 일정 부분 재
일조선인 집단의 공론장 역할을 한 것은 분명하다. 그런데, 전술한 바
와 같이 6호 이후부터는 동아시아의 정세 변화와 일본 내 좌파 조직의
노선 전환에 따라 재일조선인 조직이 조국의 당의 지도를 받는 체제로
변했고, 점차 북한의 교조적인 사상의 통제를 받게 되었다. 이로써 내
부 갈등과 논쟁이 심화되면서 멤버가 많이 이탈해 대중 공론장으로서의
'광장'의 역할은 그 성격이 변해 문학 동인지의 성격으로 점차 변모했다.
그런데 이렇게 잡지의 성격이 변화하면서 새롭게 마련된 지면구성이 있
다.「합평회」가 바로 그것이다.

1954년 3월에 나온『진달래 통신』을 보면, "진달래의 시가 재검토되
기 시작한 것은 아무래도 제6호 합평회부터라고 말할 수 있다"고 바로
전 달에 나온『진달래』6호의「합평회」에 대한 감상을 적고 있다. 사실

김시종이 6호의 권두에서 3호부터 5호까지 실린 시에서 몇 작품을 골라 감상을 적고 있는 것은 김시종 개인의 글이기 때문에 엄격히 말해 '합평회'라고 할 수는 없지만, 『진달래』편집부에서 행해진 합평회의 의견을 정리해 소개하면서 자신의 의견을 적고 있기 때문에 공론장의 역할을 하고 있다고 볼 수 있다. 정식으로 「합평노트」 코너를 구성해 편집부에서 전호(前號)에 대한 합평을 싣기 시작하는 것은 13호(1955.10)부터인데, 형식은 이전과 마찬가지로 편집부에서 대표자 1명이 서술하는 형식으로 진행되었다.

13호부터 특징적으로 달라지는 또 하나의 점은 개별 시인의 특집으로 구성되어 있다는 점이다. 13호는 권경택 시인 특집으로 구성되었다. 13호의 「편집후기」를 보면, "한 사람의 작품을 역사적으로 파헤쳐 보는 것도 결코 헛된 것은 아니다. 한 사람의 발표 경로는 좋은 의미든 나쁜 의미든 진달래 전체의 발표 편집과 연결된 것이라고 할 수 있다"고 하면서, 개별 시인의 특집이 어디까지나 『진달래』 전체의 발간 취지의 연속선상에서 이루어지고 있음을 밝히고 있다.

요컨대, 잡지 『진달래』는 일차적으로 오사카 재일조선인 시인집단의 시 창작의 공간이면서, 동시에 전호의 잡지에 소개된 시들에 대해 다음 호에서 합평된 논의를 소개함으로써 시와 시론에 대한 논의의 공간으로 기능한 것을 알 수 있다.

예를 들어, 13호의 「합평노트」를 보면, "홍종근 작, 동결지대는 조선인의 비참한 상태는 보이지만 너무 어둡고 희망이 없다", "김탁촌 작, 훌륭한 미래는 공화국 공민으로서 자랑스러움이 넘치는 것은 좋지만 관념적이다, 구체적 사상을 파악하는 것이 좋다", "정인 작, 미(美)는 작자 특유의 표현양식을 가지고 있는데 매너리즘의 경향이 있다", "김화봉

작, 어느 오후의 우울은 조선인의 생활이 나타나 있는데, 언어가 문어체와 구어체를 혼재해 사용한 것이 좋지 않다"고 하는 등, 각 작품에 대해 논의된 평가를 정리해 소개하고 있다.

그리고 이러한 시평은 오사카의 시인집단뿐만 아니라 다른 지역과의 연계를 이끌어내어 재일조선인 문단의 지형도를 만들어가는 역할도 하고 있다. 13호의 「편집후기」에 "도쿄의 아다치 시인집단으로부터 특별한 편지를 받았다"는 서술과 함께, "향후 회원 제군이 이 문제에 적극적으로 참가해 주셨으면 좋겠습니다"고 회원들을 공론의 장으로 유도하고 있는 사실을 확인할 수 있다. 14호(1955.12)의 「합평노트」에서 박실은 다음과 같이 적고 있다.

> 『진달래』 13호의 합평회를 통해 우리의 합평 내용이 종래에 비해 현격한 변화를 이룬 것이 분명해졌다. 시의 효용성과 사상성, 정치성, 시와 대중독자와의 관계에 대해 그 형상과 예술성, 확대하는 문제와 고양시키는 문제 등이 각각의 작품에 맞추어 보다 깊이 구체적으로 게다가 각자의 시작(詩作) 경험을 통해 의견을 내게 되었다. 이것은 분명 우리가 단순히 자기의 경험과 체계성 없는 순간 착상 식의 의견에서 벗어나 이론적으로 그리고 질적으로 고양되고 있음을 말해준다.(14호, 3권, p.171)

위의 인용은 전호에 특집으로 구성한 권경택 시인의 작품에 대해 합평한 내용을 박실이 정리해 적고 있는 부분이다. 「합평노트」는 특집 구성에 대한 내용만 평가하고 있지는 않다. 특집으로 구성한 시인의 작품을 먼저 평하고, 다른 작품 중에서 주목할 만한 점을 평가하며 『진달래』 전체에 연결되는 논리를 주장하는 방식이다. 「합평노트」는 회를 거듭하면서 시 창작 방법상의 문제를 포함해 에세이 등의 다른 장르의 글까지 전체적으로 합평의 대상을 넓혀간다. 『진달래』 지상에 실린 시에 대한 합평은 아니지만, 8호(1954.6)에는 시와 소설, 희곡, 아동문학에 걸쳐 북한문학 전반에 대한 평론을 편집부에서 싣고 있다. 그리고 "조국의 문학적 실체를 알고" "아울러 재일조선문학회"의 기관지도 같이 병행해서 읽어볼 것을 제안하고 있다.

이상에서 살펴본 바와 같이 『진달래』는 시 창작과 시론뿐만 아니라, 자신들의 시 창작에 대해 같이 논의하는 공동의 장을 마련해 의견을 공유하고 담론화해 간 공론장으로 기능했음을 알 수 있다. 그리고 이러한 공론은 재일조선인의 다른 잡지나 북한의 담론과도 연계해 시 창작의 수준을 높이고 거시적인 시각에서 『진달래』의 시 운동을 자리매김해가는 장으로 그 기능을 확대해갔다.

이와 같이 『진달래』는 「합평노트」를 통해 재일조선인의 대중공간으로서 논의의 장을 만들어갔을 뿐만 아니라, 다른 지역의 시인집단과 교류하는 재일조선인 연대의 장으로 기능했다. 13호에는 도쿄 아다치(足立) 시인집단이 공동창작해 보내준 「투쟁의 노래-동지K의 출옥을 맞이해서-」라는 시가 실렸고, 오사카 조선시인집단과 주고받은 왕복 서간도 소개되었다. 아다치 시인집단이 보낸 글 「시의 존재방식에 관하여」를 보면, 아다치 시인집단이 합평회나 토론회를 매월 개최하고 있다는 소개와 함께, 『진달래』 지상에서 오사카 시인집단이 '시'에 대해 토론한 내용에 대해 다른 의견을 제시하며 자신들의 시론을 전하고 있다. 이에 대해 오사카 시인집단을 대표해 정인이 「아다치시인집단 귀중」이라는 답신 형식으로 시를 통해 대중을 계몽하는 문제에 대해 오사카 시인집단 쪽의 의견을 밝히고 있다. 이상과 같이 『진달래』는 오사카 시인집단의 표현과 공론의 장이면서 동시에 다른 지역의 재일조선인과 소통하고 연대하는 공간으로 기능함으로써 재일조선인 집단의 대중공론의 장으로 기능했음을 알 수 있다.

4. 재일조선인 문학의 원점

이상에서 오사카 재일조선인의 대중적 기반이 된 잡지 『진달래』에 대해 살펴보았다. 『진달래』는 오사카 조선시인집단의 기관지로서, 서클지로 시작해 재일조선인 좌파조직의 변동과 노선 변화에 따라 점차 소수 정예의 문예동인지의 성격으로 변해갔다. 그러나 특히 전반부에 보여준 1950년대 재일조선인의 생활상에는 재일조선인의 다양한 목소리와 이들의 집단적 총화로서의 문화운동 성격이 잘 나타나 있다.

즉, 시를 한 번도 써보지 못한 재일조선인들이 자신의 표현을 획득해가는 주체적인 공간이었고, 이러한 시 창작을 통해 재일조선인들의 공동체적 로컬리티를 만들어갔다. 이러한 과정 속에서 식민에서 해방으로, 그리고 다시 한국전쟁을 겪어야 했던 1950년대 재일조선인의 현실적인 생활과 민족 문제 등이 원초적이면서 집단적인 목소리로 표출되었다. 뿐만 아니라, 『진달래』는 서로의 시 작품에 대해 비평하고 시론에 대한 공동 논의하는 공론장이었으며, 또 타 지역 동포 집단과 소통하고 연대하는 매개가 되었다. 이와 같이 『진달래』는 전후 일본사회에서 식민과 전쟁으로 이어진 삶을 살아간 재일조선인들에게 창작과 공론의 장으로 기능한 대중적 기반의 원형이 된 잡지라고 할 수 있다.

VI. 재일코리안 서사의 탄생

1. 이회성의 『다듬이질하는 여인』

이 글은 1970년대 일본문단에서 쟁점화된 '재일조선인 문학' 논의를 이회성의 『다듬이질하는 여인(砧をうつ女)』을 중심으로 살펴 '재일조선인 문학'의 의미를 고찰한 것이다.

'재일조선인 문학'은 최근에 '재일코리안 문학[1]으로 불리고 있다. 이는 '재일코리안'이라는 호칭이 북한에 적을 두고 있는 재일조선인과 대한민국 국적을 가진 재일한국인, 그리고 일본으로 귀화한 사람들, 그리고 김석범과 같이 남과 북이 분단된 조국을 거부하고 해방 이전의 민족명 조선인 상태로 그대로 남아있는 넓은 의미의 '재일조선인'을 아울러 총칭하는 'Korean Japanese'의 개념으로 적합하다는 판단에서일 것이다. 그런데 1960년대 후반부터 1970년대에 이르는 시기에는 '재일조선인'이라는 개념으로 일본문단에 화두가 되고 정착되었기 때문에 이 글에서는 동시대적인 문맥에서 그 의미를 살펴볼 때에는 '재일조선인' 혹은 '재일조선인 문학'을 사용하기로 한다.

1960년대 후반에 재일조선인 문학은 일본문단의 주목을 받았다. 1955년에 결성된 재일본조선인총연합회(총련)의 문예정책으로 조선어

---

1) 청암대학교 재일코리안연구소, 『재일코리안 사전(在日コリアン辞典)』, 선인, 2012. 이 사전은 오사카대학 박일(朴一) 교수를 대표로 국제고려학회 일본지부에서 2010년에 편찬한 것인데, '재일코리안 문학'(p.360) 항목을 설정해 '재일조선인 문학'이나 '재일문학' 개념을 포괄해 설명하고 있다.

창작물이 많이 나왔는데, 1960년대 후반에 이르면 총련의 권위적이고 획일적인 의식의 동일화 요구에 맞서, 김석범, 김태생, 고사명, 오임준, 김시종 등과 같이 일본문단에 일본어로 글을 발표하는 사람들이 많아지면서 재일조선인 문학이 널리 알려졌다. 그리고 1972년 1월에 이회성의 『다듬이질하는 여인』이 외국인으로서는 처음으로 아쿠타가와상(芥川賞) 수상작(1971년도 하반기)으로 결정되면서 재일조선인 문학 논의가 더욱 활발해졌다. 윤건차는 1970년대에 들어와서 재일조선인 문필가가 다양한 분야에서 활약해 일본사회에서 재일조선인 문학이 명확한 형태로 의식되게 되었다고 말했다.[2] 이는 이영호가 밝히고 있듯이, 이회성이 아쿠타가와상을 수상한 것에 촉발된 영향이 물론 크다고 할 수 있다.[3] 다만, 일본문단에서 내려진 평가에 중점을 두고 보면 재일조선인 문학의 문제를 외부의 관점에서 파악하는 데 그칠 우려가 있음을 경계하고자 한다. 우선, 이회성의 『다듬이질하는 여인』이 어떤 작품인지 간단히 살펴보고 논의를 진행하겠다.

이회성(李恢成, 1935~)은 가라후토(樺太, 현 사할린)의 마오카초(眞岡町)에서 재일조선인 2세로 태어났다. 일본이 패전한 후 1947년에 소련이 사할린을 점령하면서 이회성의 가족은 일본인으로 가장해 홋카이도로 들어가지만 미점령군의 강제송환처분을 받아 규슈의 하리오(針尾) 수용소에 수감되어 있던 중에 GHQ 사세보(佐世保) 사령부와 절충이 되어 홋카이도의 삿포로(札幌)에 정착했다. 와세다(早稻田)학 노문과를 졸업하고 조선총련 중앙교육부·조선신보사에 근무하면서 창작에 열중했으나,

2) 윤건차, 『자이니치의 정신사』, 한겨레출판, 2016, p.596.
3) 이영호, 『1970년대 재일조선인 문학 연구-이회성(李恢成)의 아쿠타가와상(芥川賞) 수상을 중심으로-』, 고려대학교 석사학위논문, 2015.7, p.79.

1966년 말에 조직을 벗어나 1969년 6월에『또 다시 이 길에(またふたた
びの道)』가 군조(群像)신인문학상을 수상하면서 문단에 데뷔했다. 이어서
『우리 청춘의 길목에서(われら靑春の途上にて)』(『群像』, 1969.8),『죽은 자가
남긴 것(死者の遺したもの)』(『群像』, 1970.2),『가야코를 위하여(伽倻子のため
に)』(『新潮』, 1970.8·9),『청구의 하숙집(靑丘の宿)』(『群像』, 1971.3)을 발표하
고 나서 나온 것이『다듬이질하는 여인』(『季刊藝術』, 1971.6)이다. 곧이
어『반쪽바리(半チョッパリ)』(『文藝』, 1971.11)를 발표했는데, 이상이 이회
성의 초기 주요작품이라고 할 수 있다. 데뷔작부터「다듬이질하는 여인」
에 이르기까지 이회성의 초기작은 자신의 유년시절과 청년시절을 회고
하는 자전적 성격이 강한데, 아버지의 난폭함과 어두운 '집'의 문제, 재
일조선인의 정체성 문제 등을 다루고 있다. 아쿠타가와상을 수상한 이
후는 한국을 방문하면서 남한 정권에 대해 비판하는 등 이후의 작품 경
향은 달라진다.

흥미로운 점은 이상의 초기작 중에서『다듬이질하는 여인』의 작풍이
다른 작품과 다르다는 점이다.『다듬이질하는 여인』은 성인이 된 '나'가
어린 시절 어머니 장술이(張述伊)에 대한 기억을 떠올리며 이야기하는
형식으로, 패전을 10개월 앞둔 시점에서 어머니와 사별하는 9살 된 '나'
의 기억으로 시작해 유년 시절로 거슬러 올라간다. 문어 춤으로 사람을
웃기고, 야뇨증으로 소금을 얻으러 다니던 기억 속에 있던 어머니의 모
습과 화를 잘 내던 아버지의 기억, '동굴'이라고 칭한 조부모 집에서 할
머니의 '신세타령'으로 들은 어머니의 젊은 시절의 모습과 조선에서 일
본으로 건너가 결혼하고 홋카이도에서 가라후토에 이르는 일가족의 유
맹(流氓)의 세월을 이야기한다. 그리고 1939년에 조선의 친정에 기모노
를 입고 파라솔을 쓰고 돌아온 어머니를 따라왔을 때의 기억을 '나'는

떠올리고, 33살에 죽은 어머니의 나이에 도달한 현재의 자신을 되돌아본다. 그리고 다시 어릴 적 회상으로 돌아가 어머니와 아버지가 싸우던 모습, 어머니의 다듬이질하던 소리, 그리고 어머니의 죽음에 대한 아버지의 자책을 회상하는 '나'의 술회로 소설은 끝난다.

2. 연속되는 재일코리안 서사

『다듬이질하는 여인』은 이전의 작품으로 4회 연속 아쿠타가와상 후보에 올랐지만 최종심에 탈락한 이후에 수상한 작품이다. 작품평을 보면, 아쿠타가와상 수상 전에 열린 합평회(「群像創作合評」, 『群像』, 1971.9) 때부터 '조선' 혹은 '조선의 여성', '조선의 슬픔'과 같이 '조선적'인 정서가 표현된 작품으로 정형화된 평가를 받았다. 여기서 말하는 '조선적'인 것은 조선의 풍속, 조선의 어머니상, 그리고 조선인 가족의 문제나 민족의 삶을 포함하는 표현이다. 이러한 '조선적' 정서는 아쿠타가와상 선평에서 "새로운 문학을 짊어져야 할 그가 이러한 경향의 작품으로 수상하는 것은 곤란하다"(吉行淳之介), "정감적이지 않은 작품을 기대했다"(大岡昇平)는 등의 비판으로 이어지기도 했지만, 신세타령이나 다듬이질하는 모습, 장술이의 고난의 인생을 조선 민족의 한 여인의 운명적 삶으로 읽고 있다는 점에서 공통된다.

이러한 평가는 일제강점기에 아쿠타가와상 후보에 오른 김사량(金史良)의 『빛 속으로(光のなかに)』(『文藝首都』, 1939.10)에 대해 선자(選者)였던 가와바타 야스나리(川端康成)가 "작가가 조선인이기 때문에 추천하고 싶은 인정이 매우 강하게 작용"했다고 하면서 "민족 감정의 큰 문제를 다

루고 있는 이 작가의 성장은 매우 기대된다"고 평한 부분과 일맥상통한
다. 이회성이 "김사량을 대신해 받는 기분이다"고 수상소감에서 밝히고
있는데, 전전(戰前)과 전후(戰後), 그리고 고도경제성장기를 지나온 시점
의 차이가 느껴지지 않을 정도로 달라지지 않은 조선인의 일본어문학에
대한 일본문단의 평가를 살펴볼 수 있다.

그러나 일제강점기에서 해방을 지나 1970년대로 들어온 시점에서의
재일조선인 문학은 분명 달라졌다. 이러한 변화는 재일의 세대별 차이에
서 비롯된 측면도 있다. 그렇다고 논점의 취지를 세대론으로 귀착시킬
필요는 없다. 왜냐하면 이는 '재일조선인 문학'의 근원적 물음이며 가능성
으로서 포괄할 문제이지, 세대별로 구분 지을 문제가 아니기 때문이다.

이회성의 실제 어머니이자 『다듬이질하는 여인』의 작중인물 '장술이'
는 세 가지 축으로 이야기된다. 먼저 '장술이'의 다섯 아들 중 셋째인
'나'(소설 속에서 '조조'라는 별명으로 불림)의 내레이션으로 이야기되는 모습
을 들 수 있다. '나'는 몇 차례의 과거 회상과 현재에 느끼는 감정을 통
해 어머니에 대한 기억을 떠올린다. 두 번째 축은 장술이의 남편, 즉 아
버지가 어머니에 대해 회상하는 이야기를 전달하는 '나'의 내레이션이
있다. 세 번째 축은 장술이의 어머니, 즉 할머니가 딸에 대해 하는 이야
기를 '나'가 전달하는 내레이션이다.

이상의 '나'의 세 종류의 내레이션은 각각에 따라 이야기하는 시간과
공간이 달라진다. 먼저 할머니가 장술이에 대해 이야기할 때의 시공간
은 주로 1920년대 식민지 조선을 배경으로 하고 있다. 장술이가 아직
일본으로 건너가기 전에 조선에서 처녀시절을 보내던 모습을 보여주고
있다. '나'는 할머니의 이야기를 들으며 어머니가 삶에 대한 강한 의지
를 갖고 있었음을 생각한다. 장술이가 일본으로 건너가 결혼한 이후에

일본 각지를 전전하며 홋카이도, 사할린까지 이동하는 1930~40년대의 이야기는 주로 아버지의 회상을 통해 '나'의 내레이션으로 이야기된다. 그리고 전후에 일본에서 자신이 기억하는 어머니와, 할머니, 그리고 아버지가 회상하는 장술이에 대한 기억을 번갈아가며 이야기하는 '나'의 내레이션이 있는 것이다.

이상에서 보듯이, '나'의 이야기는 1920년대의 식민지 조선, 1930~40년대의 일본, 그리고 전후의 일본을 배경으로 하는 장대한 서사로, 장술이 개인의 이야기에 머무르지 않고 일제강점기를 살아낸 조선 사람의 이야기로서 대표성을 띠는 재일코리안 서사라고 할 수 있다. 1920년대에 일제 치하에서 식량과 노동력을 착취당하는 생활에 내몰려 일본으로 건너가게 되는 과정이 장술이의 도일을 통해 제시되고 있다. 또, 1930~40년대 전쟁의 격화일로에 있는 일본에서 징용으로 끌려 다니며 일본 각지를 전전하며 북상하다 급기야 홋카이도와 일본 점령지의 최북단인 사할린까지 이동하는 과정이 징용 생활과 협화회(協和會) 활동을 하던 아버지의 모습을 통해 잘 드러나 있다. 그리고 전후 일본사회에서 현재 살고 있는 '나'의 존재가 바로 재일코리안의 현재의 상태를 대변해준다. 이 소설은 '장술이'라는 이름이 이회성의 어머니의 실제 이름이고, 이회성의 개인 이력과 소설의 내용 전개가 거의 동일하게 전개되고 있기 때문에 자전적 소설이라고 할 수 있는데, 그러나 개인의 이야기에 머무르지 않고 재일코리안 서사로서의 대표성을 띠는 것은 바로 이러한 소설의 시공간과 그 속에서의 내용이 일제강점기를 살아낸 전후 재일코리안의 모습을 그대로 대변해주고 있기 때문이다.

재일코리안 서사로서 이 소설을 읽을 수 있는 또 하나의 이유로서 내레이션의 연속성을 들 수 있다. '나'가 어머니가 결혼하기 전의 이야기를 할머니의 '신세타령'으로 듣는 장면이 나온다. 할머니는 자신의 딸에 대한 회상에 빠져 신음하는 듯한 목소리로 몸을 리듬감 있게 흔들며 무릎을 손으로 쳐가면서 때로는 우는 소리로 딸에 대한 회상을 노래한다. 딸에 대해 회상하는 할머니의 신세타령은 고향을 떠나 타향을 전전한 것에 대한 안타까움과 젊어서 죽은 딸의 운명을 슬퍼하는 노래이다. 그런데 이러한 전통적인 이야기방식의 '신세타령'으로 어머니의 이야기를 구성지게 노래하던 할머니의 모습을 떠올리며, '나'는 어머니에 대한 자신의 이야기를 평범한 내레이션으로밖에 이야기할 수 없지만 그래도 어머니의 이야기를 자신의 나름의 방식으로 이야기해가겠다는 생각을 한다. 재일코리안 서사를 이어가려는 '나'의 의지를 엿볼 수 있는 대목이다.

일제강점기에 시작된 일본에서의 삶, 그리고 이후의 재일로서의 생활을 계승해서 이야기해가는 형태는 재일코리안 서사의 원형을 보여준다고 할 수 있다. 또한 재일코리안 서사에서 형태와 방식을 달리하면서 내레이션을 계속 이어가는 것의 중요성을 보여주고 있다. 이는 마치 작자 이회성이 아쿠타가와상을 받으면서 일제강점기의 김사량을 떠올리며 그를 대신해서 자신이 상을 받은 것 같다고 회상하는 장면을 연상시킨다. 이와 같이 할머니에게서 '나'로 이어지는 서사 방식은 일제강점기에서 전후로 이어지는 연속되는 서사의 형태를 보여주며 재일코리안 서사의 전체상을 드러내주고 있다.

3. 주체로서의 재일코리안 문학

이회성은 1970년대 이후에 한국을 방문하면서 재일조선인이 정치를 통해 본국의 민중과 연대할 수 있다는 '꿈'을 그려간다. 윤건차는 이에 대해 "자이니치의 '사상'과 본국에 실제로 존재하고 있을 '사상' 사이에는 상상할 수 없을 만큼 차이"가 있다고 하면서, "자이니치가 혁명 내지는 변혁의 주체가 될 수 있는가" 하고 의문을 제기한다.4) 윤건차가 지적한 대로, 이회성의 방한 이후의 조국 지향은 성급한 면이 있다. 초기의 작품을 통해 제기했던 '재일조선인'으로서의 주체성 문제가 새로운 귀속점으로 치환되어, '재일조선인 문학'의 강도(强度)가 약해진 것을 부정할 수 없기 때문이다. 대형 상업저널리즘의 대표격인 문예춘추사가 제정한 문학상의 공죄를 같이 봐야하는 이유이다. 오히려 아쿠타가와상을 수상하기 전에 한 '재일조선인 문학'에 대한 논의에서 중요한 문제제기가 이루어지고 있음을 알 수 있다.

재일조선인이 일본어로 글을 쓰는 문제가 김석범을 중심으로 한창 논의되던 시점에서 김석범과 이회성, 오에 겐자부로(大江健三郎) 세 사람이 모여 일본적인 것에 풍화되지 않는 재일조선인 문학의 '자기발견'이라는 내용으로 좌담회를 가졌다.5) 아직 「다듬이질하는 여인」을 발표하기 전의 시점이다. 김석범은 재일조선인의 작품을 읽을 때 '조선적인 감각'이나 '조선의 체취'가 반영되어 있는지 먼저 살핀다는 이야기를 하며, 이회성의 작품에 가족문제는 이러한 조선적인 것이 응축되어 있는 반면에 연애 같은 테마를 다룰 때는 산만해져 감각적으로 엇갈리는 점이 있다고 지적했다. 덧붙여, 재일조선인의 문제를 일본인의 문제와 관련지어 정면에서 다룬 사람은 이회성이 처음이라고 평가하면서, 그렇기 때문에 그 실현을 위해 '조선적'인 것이 중요한데 이회성의 문학에 이러한

---

4) 윤건차, 앞의 책, p.608.
5) 座談会 「日本語で書くことについて」, 『文学』, 1970.11.

요소가 약하다는 지적이다.

이에 대해 이회성은 "재일조선인에게 집이라고 하는 것은 전적으로 자아의 발견이라는 문제와 긴밀하게 관련된 문제"라고 하면서, 이는 자신이 해온 체험으로는 "하나의 민족적인 자각, 혹은 문화를 잃은 곳에서 문학을 하고 싶지 않다고 하는 나의 <u>이성적인 생각</u>일 뿐이다"고 하면서 김석범에게 '조선적'인 <u>감각</u>이라는 것이 무엇인지 되묻는다. 또 이러한 감각에 대해 김석범은 재일조선인이 일본어로 글을 쓸 때 '조선적'인 것에 의식적일 필요가 있다고 하고 있는 데 비해, 이회성은 일본이라는 토양과 풍토 속에서 재일조선인으로서 살고 있기 때문에 조선적인 것을 근저에 두면서 동시에 섞이는 지점으로 돌아올 필요가 있다고 하면서, 그렇지 않으면 낡은 것으로 침전되어 흘러가버릴지도 모른다(流れていくのではないか)고 반박하고 있다. 이회성이 초기 소설에서 일본인과의 관계 속에서 재일조선인의 정체성을 규명하려고 한 구상은 이러한 측면에서 보면 '재일조선인 문학'에 대한 자각적인 방법으로 이해할 수 있다. 같은 재일 2세대이지만 김석범과 이회성의 '재일조선인 문학'에 대한 감각은 서로 다르며, 이는 10년 차이를 두고 '재일조선인 문학'의 의미도 달라지고 있음을 보여준다.

이회성이 생각하는 '재일조선인 문학'의 의미를 상징적으로 대입해볼 수 있는 표현이 「다듬이질하는 여인」에 나오는 '흘러간다(流れる／流される)'는 표현이다.

> 어머니는 아버지처럼 <u>흘러 다니는</u> 사람이 어딘가에 머물러 있어주기를 바라는 것 같았다. <u>흐름에</u> 역행하는 것이 무리라고 해도 어딘가에서 발을 딛고 버티려는 의지를 아버지가 삶의 방식으로 가져주기

를 바랐던 것 같았다./

"어디까지 흘러 갈 거예요? 시모노세키에 온 것으로 충분해요. 다시 혼슈에서 홋카이도로, 또 가라후토까지. 당신의 삶의 방식도 그에 따라 흘러가는 거예요. (하략)"

(母は父のように流れていく人にどこかで留まって欲しいとつよく思っていたようである。流れに逆行していくことが無理だとしてもどこかで足を踏んばっている意地を父の生き方にもとめていたようであった。)/

「どこまで流されていくの。下關でたくさんよ。それを本州から北海道、さらに樺太へとー。当身（あなた）の生き方もそれにつれて流れているのよ。（下略）」)(p.336)6)

"흘러 다니지 마세요."

아버지는 우리에게 어머니에 대한 이야기를 할 때, 그녀가 이런 뜻을 품은 채 죽은 여자였다는 사실을 자책하며 말하곤 했다.

(「流されないでー」

父は僕らに母のことを伝える時、かの女がそのような志を持ったまま死んだ女であったことを自責をこめて語ったのである。)(p.339)

작중에서 어머니 장술이와 아버지가 조선에서 일본의 시모노세키로, 그리고 혼슈를 거쳐 홋카이도, 가라후토로 이동해 살아온 삶은 작자인 이회성의 삶이기도 하다. 이회성은 전후에 가라후토에서 홋카이도를 거쳐 시모노세키를 통해 조선으로 귀국하는 도중에 다시 홋카이도로 되돌아가 정착하면서 재일조선인의 삶을 살고 있다. 즉, 그의 삶 자체가 바로 유맹(流氓)의 재일조선인의 삶의 궤적을 보여주고 있는 것이다. 위의

---

6) 李恢成,「砧をうつ女」,『文芸春秋』, 1972.3. 이하, 원문 인용 동일.

인용에서 '흘러간다'는 말은 재일조선인으로서 어디로 귀속할 것인가의
문제를 제기하고 있는 표현으로 생각해볼 수 있다. 이회성이 자신의 체
험에 근거해 '재일조선인 문학'의 주체성을 발견해가려고 한 문제의식이
장술이의 '흘러가지 마세요'라는 말에 잘 표현되어 있다. 이러한 측면에
서 이회성의 「다듬이질하는 여인」은 '조선적'인 소재를 그려 일본문단이
나 사회에서 '재일조선인 문학'을 발견하게 한 작품이기도 하지만, 소설
의 시공간과 '나'의 기억의 내레이션이 주체로서의 '재일조선인 문학'의
의미를 생각해보는 계기를 만들고 있다고 할 수 있다.

이회성은 "전후의 나는 일본인→반조선인→조선인으로서의 의식의
자기변혁"을 겪었다고 하면서 재일조선인으로서의 삶의 방식을 보여주
고 있는데[7], '반조선인'을 '재일조선인'으로 치환해보면 '재일조선인'에서
'조선인'으로 옮겨가는 과정을 보여주고 있다. 그런데 이는 재일조선인
이 조선인으로 바뀐다는 의미보다는 재일조선인이기 때문에 조선인이
될 수 있는 가능성의 의미로 생각해볼 수 있다. 소설 「반쪽바리」에서
"내가 반쪽바리이기 때문에 비로소 조선인이라는 원점에 닿을 것이라고
꿈꾼다(半チョッパリの僕だからこそ、朝鮮人という原点にたどり着く
こを夢見ている)"[8]고 말하고 있는 것처럼, 궁극으로서의 조선인 이전에
재일조선인이 갖는 가능성의 영역을 확보하고 있는 점을 주시할 필요가
있다. 이상에서 보듯이, 이회성의 초기작은 '재일조선인 문학'이 '일본문
학'이나 '조선문학'과는 차별적으로 발견될 수 있는 가능성을 '재일조선
인'이라는 주체적 관점에서 보여주고 있다고 할 수 있다.

---

7) 李恢成, 「原点としての八月」(1969.8.18), 『北であれ南であれわが祖国』, 河出書房新社,
   1974, p.102.
8) 李恢成, 『砧をうつ女』, 文芸出版, 1972, p.170.

Ⅶ. 유미리의 평양방문기에 나타난 북한 표상

1. 『가족 시네마』 이후의 문제

일본에서 재일(在日)의 삶을 살고 있는 사람들에게 '조국'은 어디를 가리키며, 또 무엇을 의미하는 것일까? 재일코리안은 세대가 거듭될수록 일본사회에 동질화가 가속화되고 기원으로서의 '조국'이라는 말이 갖는 강도(强度)도 점차 약해지고 있는 것이 사실이다. 이러한 최근의 현실을 생각하면 '조국'이라는 화두를 꺼내는 자체가 현실감이 없는 느낌도 든다. 그래서 이소가이 지로(磯貝治良)는 조국지향이 후퇴하고 국민국가의 경계를 넘어 다양한 개별성의 문학형태가 발현되고 있는 특히 1990년대 이후의 문학에 대해 '재일조선인문학'이라는 기존의 개념으로 묶을수 없는 다양한 양상이 존재한다는 점을 지적하고, 이들을 포괄하기 위해서는 '조선인'을 빼고 '〈재일〉문학'이라는 용어로 범주화해야 한다고 주장했다.[1] 본래 '디아스포라'라는 개념 자체가 기원으로의 회귀라기보다 '이동'을 의미하는 개념이고 보면, '한국인'이나 '조선인', 또는 '코리안'이라는 민족명보다 '재일'이라는 개념을 강조함으로써 현재의 다양한 양상을 포괄하는 동시에 실존적 위치를 강조하는 편이 오늘날의 상황에서는 실효성이 높을 것으로 생각된다.

그런데 한편으로는 민족명으로 소환되는 '재일'의 명칭 구분이 아직 유효한 것 또한 부정할 수 없다. 아니, 오히려 최근에 더욱 강조되고 있

---

1) 磯貝治良, 『〈在日〉文学の変容と継承』, 新幹社, 2015, pp.7-32.

는 사실을 확인할 수 있다. 한국과 일본처럼 일제강점기 이후 근현대사가 비대칭적으로 얽혀있고, 앞으로도 동아시아의 지정학적 구도 속에서 끊임없이 상호 견제를 해가야 하는 관계 속에서는 더욱 그러하다. 특히 '재일'과 같이 일본 내에서 마이너리티로 존재하는 당사자는 한일 양국의 관계성에 노출되어 있을 뿐만 아니라, 남북이 분단된 조국의 현실은 '재일'의 삶에도 그대로 연동되어 정치 사회적으로 그 영향을 받고 있다. 따라서 실존적인 '재일'의 삶과 현지의 일본, 그리고 한국·북한 사이의 상대적인 거리는 견지되기 어려우며, 한일 역사문제나 북핵문제 등 동아시아의 국제관계가 유동적일수록 '재일'을 민족명으로 소환하려는 주변의 욕망은 커질 수밖에 없다.

'재일'을 둘러싼 이러한 관계성 속에서 유미리(柳美里, 1968~)의 문학이 최근 변화하고 있다. 개인적인 체험이나 자신의 가족 문제를 과잉되게 드러내는 이른바 '사소설(私小說)'을 써온 작풍은 여전히 유지되고 있는데, 동시에 일본사회에 화제를 불러일으키며 마치 도발하는 듯한 내용의 평론이나 소설이 최근에 눈에 띈다. 이러한 도발적인 작풍은 작가 유미리의 개인적인 성격 때문일 수도 있지만, 한편으로는 재일코리안을 둘러싼 현실이 그만큼 일본사회의 요구에 맞춰 대응해갈 수밖에 없어진 때문일 것이다.

즉, 일본에서 특히 2000년대 중반 이후에 노골화된 우경화의 목소리나 폐색(閉塞)된 사회 분위기는 소수성으로 존재하는 재일코리안을 공격하는 방향으로 표출되었고, 북한의 미사일 발사나 핵문제가 이슈화될 때마다 재일코리안의 민족학교 등에 우선적으로 위해가 가해졌다. 이러한 속에서 유미리는 이전까지의 창작에 강조하지 않던 민족적 색채를 갑자기 드러내기 시작했다. 본고는 2000년대 이후 유미리가 보인 작풍의 변화를 통해 그녀가 말하고자 하는 '조국'이 무엇인지 생각해보고자 한다.

유미리가 일본사회를 향해서 뭔가 항변하는 듯한 메시지를 보내고 있는 텍스트를 대표적으로 들어보면 다음과 같다. 먼저, 유미리는 2004년에 장편소설『8월의 저편(8月の果て)』(상, 하) 2권을 출간했는데, 이 소설은 한국과 일본 양국에서 동시 출판으로 기획되었다는 점에서 특기할 만하다. 일제강점기에서 현재에 이르기까지 있어온 한국과 일본의 근현대사적 갈등을 마라톤 주자였던 조부의 생애를 통해 추적하고 있는 소설이다. 이어 3회에 걸친 방북 체험을 엮은 에세이집『내가 본 북조선-평양의 여름휴가』(2011), 천황과 같은 해에 태어났지만 노숙자의 삶으로 생애를 마치고 우에노 공원을 방황하는 사자(死者)의 목소리를 그린 소설『우에노역 공원 출구(JR上野公園口)』(2014) 등이 있다.

위의 작품 중에서『우에노역 공원 출구』는 주인공이 후쿠시마(福島) 출신으로 설정되어 있고, 태평양전쟁 말기부터 2011년의 동일본대지진에 이르는 시기의 일본사회의 변천이 압축적으로 그려져 있다. 현대 일본사회를 그리려는 작위적인 설정으로 보이는데, 천황제라는 일본사회의 정점의 권력과 도시의 저변에서 살아가는 소외된 계층의 문제를 대비시켜 문제제기를 하고 있는 구조로 보인다. 그리고 에세이집『가난의 신-아쿠타가와상 작가 곤궁 생활기(貧乏の神　芥川賞作家困窮生活記)』(2015)에서는 한때 1억 엔(円) 이상의 연 수입을 올리며 생활을 영위한 아쿠타가와상 수상자인 자신이『쓰쿠루(創)』잡지를 출판하고 있는 동명의 출판사와 인세 지불 문제를 놓고 갈등을 겪은 일의 전말을 비롯해, 공공요금도 내지 못할 정도로 가난한 생활을 하고 있는 현실을 적나라하게 이야기하고 있다. 문학상 수상 작가의 수입이 감소하는 현상은 오늘날 문학이 퇴조하고 있는 현상을 새삼 느끼게 하는데, 유미리의 어조는 문학 일반의 문제보다는 재일코리안인 자신이 일본에서 마이너리티로서 곤경에 처해 있는 상황에 초점을 맞춰 문제점을 토로하고 있는 것이 특징이다.

이와 같이 유미리가 일본사회를 향해 문제점을 제기하면서 자신의 실생활을 폭로하는 글쓰기 방식은 거슬러 올라가면 유미리의 데뷔작『돌에서 헤엄치는 물고기(石に泳ぐ魚)』(『新潮』, 1994.9)를 발표했을 때부터 시작되었다고 할 수 있다. 작품의 모델이 된 "얼굴에 장해가 있는" 여성의 프라이버시를 침해했다는 이유로 기소되어 손해배상과 함께 소설 출판 및 어떠한 방법에 의한 공표도 금지한다고 하는 판결이 내려졌다. 이 사건은 이후 문학적인 표현의 자유를 둘러싸고 논쟁을 불러일으켰다. 가토 노리히로(加藤典洋)는 "재일(在日)하는 인간이 받는 차별문제라고 하는 틀에 작가가 깊은 불신을 갖고 있고", "자신이 세계에서 가장 불행하다고 하는 느낌을 신체의 깊은 곳으로 배어들게 해서 증오를 매개하지 않고서는 세계와 대면하지 못하는 주인공이 자신보다 더 큰 불행을 짊어지고 '아프게' 싸우고 있는 타인을 만나 그 사람과의 갈등을 통해 불우함과 증오를 완화시켜 세계 속에서 관계를 만들어가는 실마리를 발견하는 자기발견의 이야기이다"[2]고 장문의 문장으로 혹평했다. 논쟁의 초점이 문학과 표현의 자유라는 일반론에서 벗어나, 유미리가 재일코리안의 불우함을 소설의 소재로 이용하고 있다는 비난이다.

이후 비슷한 문제가 계속 이어졌다. 1997년 1월에 유미리가『가족시네마(家族シネマ)』로 아쿠타가와상을 수상했을 때도 논쟁이 일었다. 수상으로부터 한 달 후에 도쿄(東京)와 요코하마(横浜)의 네 서점에서『가

---

[2] 加藤典洋,「『石に泳ぐ魚』の語るもの―柳美里裁判の問題点」,『群像』2001. 8, pp.164-165.

족 시네마』와 『물가의 요람(水辺のゆりかご)』의 사인회가 행해질 예정이었는데, 각 서점에 '독립의용군', '신우익'을 자처하는 남성으로부터 사인회를 중지하지 않으면 위해를 가하겠다, 폭탄을 장치하겠다는 등의 협박전화가 걸려와 사인회가 급히 중지되었다. 나중에 두 책을 낸 출판사인 고단샤(講談社)와 가도카와서점(角川書店)이 상의해서 6월에 일본출판클럽회관에서 사인회가 행해지게 되었다. 그런데 사인회가 중지된 사건을 보도한 『아사히신문(朝日新聞)』이 이를 '위안부' 문제에 연관시킨 일도 있어서, 유미리가 영웅이라도 된 듯이 행동하고 있다고 풍자만화가인 고바야시 요시노리(小林よしのり)가 잡지 『SAPIO』에 유미리를 규탄하는 어조의 문장을 실어 논쟁에 불을 지핀 것이다.

이러한 일련의 사건에 대해 유미리는 "생각지도 못한 사건에 휘말려 '가면의 나라(仮面の國)'라는 제목의 시평(時評)을 『신초(新潮) 45』에 연재하게 되었다"고 『가면의 나라』의 「후기」에 적고 있다. 유미리는 현재 일본의 언론계가 놓여 있는 상황에 대해 "언론의 표면적인 무대에서는 배후에 기만을 숨기고 정의와 확신의 가면극이 연기되고 있다. 과장된 몸짓과 큰 음성만이 스포트라이트를 받고 있다"고 하고, "언론 및 표현의 자유를 안쪽에서 파고들어가 기만하는 '가면'에 대해 써갈 것이다"고 의견을 표명했다. 유미리가 재일코리안이기 때문에 특권적으로 돈을 벌고 있다는 주장도 나오는 한편, 유미리는 협박전화를 건 사람이 우익이라기보다 남북한이나 재일코리안에 대해 신경증적인 혐오감을 갖고 있는 사람일 가능성이 있다고 생각했다.3)

유미리는 가장 '재일코리안'답지 않은 글쓰기 작가로 알려져 있을 정

---

3) 柳美里, 『仮面の国』, 新潮文庫, 2000, pp.10-12.

도로, 조국이나 민족적인 테마로 글을 써온 작가가 아니다. 오히려 가족이나 조국 문제를 당위적인 개념으로 접근하기보다는 해체하는 글쓰기를 행해왔다. 이러한 경향은 분열된 가족을 다시 결합시키기 위해 영화를 촬영한다는 설정 하에 '가족'을 연기하지만 결국 해체되어가는 가족의 모습을 보여준 『가족 시네마』를 통해서도 알 수 있다. 그런데 이러한 내용적 측면에 대한 논의보다는 재일코리안인 그녀가 아쿠타가와상을 수상했다는 사실이 먼저 부풀려지고 정당한 평가는 이루어지지 않는다. 즉, 그녀가 무엇을 어떻게 쓰든지 간에 '재일코리안'이 썼다고 하는 사실을 중심으로 일본사회에 화제가 되어 소비되고 있는 것이다. 유미리의 최근 글쓰기에 보이는 특징이나 표현 방식 등을 문제 삼는 논의는 찾아보기 힘들다. 유미리의 경우에서 대표적으로 볼 수 있듯이 사회적 이슈로 소비하면서 그 문학적 평가에 대해서는 인색한 것이 현재 재일코리안 문학을 바라보는 일본사회의 평가일지도 모른다. 그리고 이러한 문제는 한국도 예외가 아니다. 유미리의 글쓰기가 재일코리안 문학으로서 갖는 의미를 그녀가 '조국'이나 '북한'을 표현하는 방식을 통해 생각해볼 필요가 있다.

2. 죽은 자의 목소리로 깨우는 '조국'

전술한 유미리의 소설 『8월의 저편』과 『우에노역 공원 출구』는 죽은 자의 내레이션으로 이야기가 진행되는 것이 공통점이다. 죽은 자의 목소리를 재현함으로써 과거를 현재화하고, 기억을 '지금' '여기'에 환기시킨다. 이야기는 기억 속에 묻어둔 트라우마의 공간과 조우하게 하면서

부(負)의 역사와 마주하게 한다.

『8월의 저편』은 유미리가 '조선인'이라는 피의 루트를 찾아가는 소설로 알려져 있다. 전쟁으로 인해 올림픽이 실현되지 못했지만, 유미리의 외조부는 1940년에 개최될 예정이었던 마라톤의 유력한 후보였다. 손기정(1912~2002)과 함께 마라톤선수로 뛴 외할아버지 양임득(1912~1980)을 소재로 한 소설이다. 외조부를 중심으로 해서, 전후 일본에 건너와 살고 있는 네 세대에 걸친 가족 이야기를 그리고 있다. 일본의 『아사히신문』과 『동아일보』가 동시에 연재해 2002년 4월 연재 당초부터 화제를 모았다. 돌아가신 조부의 영혼을 불러내 마라톤을 뛸 때의 숨소리가 길게 이어지는 묘사로 이야기가 시작되어, 8월의 강가에서 달리는 장면으로 소설이 끝나는 청각적인 리듬감을 갖는 소설이다. 조부의 동생을 그리워하는 김영희라는 여성이 위안부가 되어 체험하는 이야기는 매우 리얼하고 생생한 묘사가 많다. 고향으로 돌아가는 배안에서 자신의 고유한 이름을 부르며 바다에 몸을 던지는 장면 묘사는 역사적인 고통의 기억을 문학 텍스트가 어디까지 증언할 수 있는지 생각하게 하는 장면이다.

『우에노역 공원 출구』도 한 남성의 영혼의 목소리로 이야기가 시작된다. 이 남자는 현재 천황과 같은 해에 태어났고, 아들은 황태자와 같은 날에 태어났는데, 힘든 생활에 쫓겨 돈벌이하러 도쿄에 상경한다. 그런데 아들이 돌연 죽고, 이어서 아내도 죽어 그는 우에노의 노숙자로 전락한다. 고향에 피붙이가 모두 2011년의 쓰나미에 휩쓸려 죽고 결국 자신도 스스로 목숨을 끊는다. 즉, 이 소설에는 많은 죽은 자가 그려져 있는 것이다. 죽은 남자는 과거의 기억을 돌아보며 이야기하고 있는데, 주인공의 남자 목소리뿐만 아니라 다른 노숙자의 목소리도 그려져 있어

청각적인 분위기가 강하다.

유미리는 2011년 3월에 일어난 동일본대지진 직후인 4월부터 후쿠시마를 다니며 쓰나미나 원전사고로 피난을 떠나 집이 없는 사람들의 목소리를 인터뷰해 소설에 실었다. 이 소설에는 남자의 사령(死靈)의 목소리가 소설 전체적으로 모놀로그로 흐르고 있지만, 다른 노숙자의 목소리나 전차 소리, 전철역의 방송소리 등 다성적인 공간이 펼쳐진다. 도쿄올림픽 개회를 선언하는 쇼와천황의 목소리가 라디오에서 흘러나오는 것을 듣고 남자는 북받치는 눈물을 참으려고 양손으로 얼굴을 감싼다. 고귀한 혈통으로 태어난 소수의 인생과 대비시켜 사회의 저변으로 침륜하는 인간 군상의 목소리를 복원시키고 있는 소설이다.

『8월의 저편』이 한국과 일본 양쪽을 동시에 부감하면서 일제강점기부터 전후, 그리고 현재에 이르는 재일의 삶을 응시하는 이야기라고 한다면, 『우에노역 공원 출구』는 일본의 과거와 현재를 잇는 동시에 과거의 영화를 구가한 시대의 렌즈를 통해서는 볼 수 없는 현재의 실상을 그리고 있다. 『8월의 저편』을 피의 루트를 찾는 기원 회귀의 이야기라고 간단히 단언할 수는 없다. 또 『우에노역 공원 출구』도 대지진 후에 쏟아져 나온 치유서사의 하나로 치부하기에는 일본사회에 대한 비판적인 시선이 많이 들어 있음을 알 수 있다. 두 작품에서 보이는 특징은 일본과 한국, 혹은 과거와 현재라는 시공간의 관계성 속에서 사상(事象)을 표현해내려는 시각이다. 이는 유미리가 '재일'로 살아가는 자신의 삶을 종적으로 과거와 연결 짓고 횡적으로도 폭을 넓혀 일본사회와 관련 속에서 표현해 내려는 장치라고 할 수 있다. 그리고 이와 같은 관점은 그녀가 북한을 표상하고 재일로서의 자신의 삶을 생각하는 내용에서도 확인할 수 있다.

유미리는 『내가 본 북조선-평양의 여름휴가』 출판기념회(조계사, 2013.1.5.)에서 북한 방문의 이유를 "조선인민주의 공화국에 가보고 싶었다. 내가 왜 일본에서 태어나 일본어를 사용하는지에 대한 뿌리의 문제로 수렴되기 때문이다"고 밝혔다. 사실 유미리는 대한민국 국적을 갖고 있고, 그녀의 조상의 고향도 남한이다. 유미리의 외조부는 경남 밀양 사람인데, 공산주의 혐의로 고향인 밀양의 감옥에 갇혀 있다 일본으로 도망치면서 가족들이 모두 따라가 유미리는 일본에서 태어나게 된 것이다. 만약 일본으로 가지 않았다면 북한으로 건너갔을 가능성도 있기 때문에 북한에 대한 그리움이 있어서 평양에 가고 싶었다고 그녀는 출판기념회에서 밝혔다.

유미리가 북한에 대한 그리움을 갖고 있고 자신의 뿌리를 북한에서 찾고 싶었다는 논리는 쉽게 이해되지 않는 측면이 있다. 따지고 보면 그녀의 뿌리는 경상남도 밀양이고, 그녀는 북한에 체재한 경험도 없이 전후 1960년대에 일본에서 태어난 재일코리안이기 때문이다. 그렇다면 그녀는 왜 자신의 뿌리와 그리움의 대상을 북한에서 찾으려고 하는 것일까? 이는 유미리의 개인적 사실관계만으로는 알 수 없다. 유미리의 평양방문기를 통해 현재 자신이 살고 있는 일본과, 또 자유롭게 왕래하는 한국과의 관계성 속에서 그녀가 북한을 어떻게 바라보고 있는지 생각해보고자 한다.

3. 유미리의 북한 표상

유미리는 2008년 10월을 시작으로 2010년 4월, 그리고 같은 해 8월에 걸쳐 평양을 세 차례 방문해 10여 일씩 머물며 보고 느낀 감상을 현지에서 찍은 사진과 함께 『내가 본 북조선-평양의 여름휴가』에 적고 있다.

첫 방문기는 "일본과 국교에 없는 나라에 갔다"는 문장으로 시작한다. 만경봉호를 타고 북한으로 들어가고 싶었지만 일본인 납치문제와 북핵문제 등으로 재일코리안 재입국 정지 등의 일본정부의 제재가 있었기 때문에, 하네다 공항에서 간사이공항으로 이동해, 다롄(大連), 선양(瀋陽)을 경유하는 루트를 통해 평양으로 들어갔다. 평양국제공항에 도착한 유미리는 도항목적을 '조국방문'이라고 적었다. 그 이유에 대해 유미리는 자신의 조부가 일본으로 건너갔을 때 한반도는 남북으로 분단되어 있지 않았고, 해방 후에 조부가 공산주의 혐의를 뒤집어쓰고 투옥당한 일과 조부의 남동생이 남한 군인에게 사살당한 사건을 들며, 조부 형제가 모두 북으로 갔을 가능성도 있다는 생각을 했다고 말했다. 그리고 다음과 같이 적고 있다.

조선민주주의인민공화국, 좋은 느낌으로 와 닿는 아름다운 국명, 내게는 환상의 조국이다.4)

해방 이후 한반도에서 좌우 이념의 대결이 격화되는 가운데, 재일코리안은 '재일본조선인총연합회(총련)'의 지도 하에 좌파 지식인을 중심으

---

4) 유미리 씀, 이영화 옮김, 『내가 본 북조선-평양의 여름휴가』, 도서출판615, 2012, p.14.

로 활동이 본격화되면서 소위 '이념의 조국'으로 북한을 택하는 분위기가 고조되었고, 1959년 12월부터는 북송 귀국 사업이 시작되었다. 유미리가 표현한 대로 재일코리안에게 북한은 꿈에 그리는 '환상의 조국'이었는지도 모른다.

놀라운 것은 1950년대가 아닌 2000년대에 유미리가 위와 같은 발언을 했다는 사실이다. 그동안 북한으로 귀국한 재일동포들로부터 김일성 독재의 동토(凍土)의 참상이 전해졌고, 1998년에 북한이 대포동 미사일을 발사하고 2002년에는 일본인 납치 사실을 인정하면서 일본사회에서 북한이나 재일코리안을 향한 시선이 악화되고 있던 시점이다. 오히려 유미리가 북한을 '환상의 조국'으로 보고 있는 시선에는 한국의 김대중, 노무현 정권의 햇볕정책 등 남북한의 긴장관계가 완화된 동시기의 분위기를 반영하고 있다고 볼 수 있다. 그러나 이러한 남북한의 시대적 분위기를 고려한다고 해도 '환상의 조국'으로 북한을 바라보고 있는 유미리의 시선은 역시 석연치 않다. 북한은 윤송아가 지적하듯이 유미리의 외조부가 느꼈던 '사상적 조국'[5]을 말하고 있는지도 모른다. 임헌영은 "그녀에게 조국이란 삶의 실체이기보다는 일본에서 동경의 대상이었을 것이다"고 말한다.[6] 그런데 유미리가 마주하고 있는 평양 묘사에 '사상적 조국'이나 '동경의 대상'과 같은 적극적인 의미 부여를 찾기는 쉽지 않다. 유미리가 평양에 도착한 다음날 아침거리를 걸으며 서술하고 있는 부분을 보자.

---

5) 윤송아, 「재일조선인의 평양 체험-유미리, 『평양의 여름휴가 - 내가 본 북조선』과 양영희, 『가족의 나라』를 중심으로-」, 『우리어문연구』 47집, 2013.9, p.378.
6) 유미리 씀, 이영화 옮김, 앞의 책, p.310.

나는 조국의 말을 모른다./ 거리를 걸으며 스쳐 지나가는 사람의 소리를 들어도 무슨 말을 하고 있는지 모른다./ 소리의 울림을 들을 수 있을 뿐이다./ 얼굴과 모습만 볼 수 있을 뿐이다./ 빛을 볼 수 있을 뿐이다./ (…)/ 감정이 움직일 때만 셔터를 누른다./ 나는 열흘 후이 나라에서 찍은 사진을 펼쳐놓고 조선민주주의인민공화국이라는 나라를 재구축할 생각은 없다./ 무언의 사진에서 베어 나오는 건, 그 사진을 봤을 때, 내 감정밖에 없기 때문이다./ 이번 여행은 감정여행일지도 모르겠다. 나는 창문에서 벗어나 나갈 채비를 했다.7)

유미리가 경험한 평양은 말을 알아들을 수 없는 소리의 울림과 빛을 볼 수 있을 뿐인 소통할 수 없는 공간이었다. 그녀는 평양 방문을 자신의 '감정여행'이라고 칭하며 자신의 감정이 동하는 대상을 향해 사진을 찍고 있다. 책 본문에 유미리가 직접 찍은 평양국제공항의 모습이나 호텔 요리와 직원의 모습, 판문점, 그리고 평양의 풍경과 사람들 사진이 들어 있는데, 여행자의 시선으로 바라본 평양의 모습이라고 할 수 있다. 대화는 통역자나 안내인과의 사이에서만 이루어지고 있다.

즉, 유미리에게 조국은 꿈에 그리는 그리움의 대상도 아니며, 정체성의 탐색이나 귀속하고자 하는 공간과는 별개인 실체가 없는 개념으로 그려져 있는 것이다. 이와 같이 느끼는 자신의 감정을 유미리는 담담하게 카메라에 담으면서 서술하고 있다. 어쩌면 유미리의 이러한 감성이 재일코리안 3세대가 느끼는 자연스러운 감정일 수 있다. 유미리는 외조부의 사상적 루트를 찾고 싶어 북한을 방문했지만, 말도 통하지 않고 단지 대상화할 수 있는 거리에서 풍경을 담아내는 위치에 있을 뿐이라는 것을 발견한 것이다.

---

7) 위의 책, p.14.

첫 번째 평양 방문을 끝내면서 유미리는 조선민주주의인민공화국을 '출국'해 일본에 '입국'하는 자신과 같은 존재를 이국에 살면서 조국을 방문하는 데라시네(déraciné, 뿌리 없는 풀)라고 하면서, '조국방문'이라는 말이 재일코리안의 입장을 잘 표현한 말이라고 생각하며 글을 끝맺는다. 유미리가 말한 '환상의 조국'에서 환기해야할 문제는 구체적인 공간으로서의 '조국'의 실체 찾기보다, 일본은 조국이 아니므로 '귀국'이 아니라 '입국'하는 것이고 자신은 조국을 '방문'하는 자라고 규정하는, 자신이 어디에도 뿌리를 내리고 있지 않다는 인식이다. 실체가 없는 것은 북한을 향한 시선이면서 동시에 '재일'의 삶을 사는 자신의 모습이 중첩되어 있다고 할 수 있다. 그래서 유미리는 자신의 평양 방문을 '감정여행'으로 표현했는지도 모른다. 유미리의 글과 같이 재일코리안의 시선에 포착된 북한 이야기를 통해 양자를 포괄해 볼 수 있는 시각이 필요하다.

> 납치문제 이후, 일본의 텔레비전과 신문과 잡지에서는 국민의 감정적 편견에 영합한 편중된 정보로 인해, 지금은 모두가 한 목소리로 '범죄국가-북조선'에 대한 제재를 외치는 최악의 상황이 되어버렸다./ 일본이야말로 안개의 나라다./ 정보라는 농무가 자욱이 끼어있는 이 나라에서도, 자신의 축을 가지고 자기 눈으로 보고 자기 머리로 생각하려는 사람들이 적잖이 존재하며, 나도 글쟁이에 속하는 한 사람으로서 안개 속에서 '누구의 것도 아닌 정의'를 찾으려고 한다.[8]

위의 인용은 유미리가 첫 번째 방북을 마치고 일본으로 돌아와 쓴 회상기 「마음이 조국에 뿌리를 내리고 있다-조선은 안개의 나라였다」(『イ

---

[8] 위의 책, pp.68-69.

ォ』, 2009.2)에서 발췌한 것이다. 유미리는 북한을 통해 일본사회를 바라
보고 그 속에서 자신이 어떻게 행동해야할지 생각하고 있다. 북한의 실
체에 접근하는 것이 허용되지 않은 상태에서 말도 통하지 않는 북한의
풍경이 실체가 없는 '환상'이었듯이, 일본사회 또한 진실이 감추어진 '안
개의 나라'로 표현하고 있다. 유미리는 북한을 바라보면서 동시에 재일
로서 자신이 살아가는 일본사회를 연속선상에서 중층적으로 그리고 있
는 것이다.

4. 북한과 재일

2년 만에 찾은 유미리의 두 번째 방북은 북한과 재일의 연결고리를
찾는 여행으로, 제3장 「태양절과 국제마라톤대회」에서 이를 다루고 있
다. 김일성 주석의 생일인 태양절 기념행사와 국제마라톤대회에 참석하
고자 방북했는데, 조선에 귀국한 가족을 방문하러 온 다른 재일코리안
과 같은 고려호텔에 묵으면서 유미리는 북한과 재일에 대해 생각한다.

> 분단된 현실의 시간과 통일을 향해 체재하는 시간, 이렇게 상반된
> 두 시간 속에서 기다림을 강요당하면서 창출해갈 수밖에 없는 힘든
> 상황에 놓인 동포들과 '침묵'을 공유해보고 싶었다.9)

위의 인용에서 보면, 유미리는 '상반'된 두 개의 시간을 이야기하고
있다. 즉, '분단된 현실의 시간'은 북한의 현실을 가리키고, '통일을 향해

---

9) 위의 책, p.80.

체재하는 시간'은 재일코리안의 조국 방문을 가리키는 말로 생각해볼 수 있다. 이 두 시간이 조화를 이루지 못하고 서로 어긋나 있는 어색한 분위기를 곳곳에서 찾아볼 수 있다. 유미리는 평양 시가지를 바라보며 느낀 감동을 조선어로 표현하려고 하지만, 말이 나오지 않아 침묵하며 어색하게 자신의 열손가락만 바라보고 있다. 그러던 중에 마라톤대회에 나온 사람들을 바라보며 하나의 깨달음을 얻는다. 즉, 국가나 민족의 문제로 여기면 놓치기 쉽지만, 사람들 한 사람 한 사람과 자신을 맞대는 것에서 시작해야겠다는 의지를 밝힌다. 그리고 자신의 이름인 '유미리(柳美里)'가 '버드나무가 아름다운 고향', 즉 평양을 의미한다는 사실을 떠올리며, 자신 안에서 재일과 북한을 연결 짓고 있다. 이후, 평양에서 만난 제복 입은 소년들, 삼일포 특산물 상점에서 만난 종업원 아가씨들, 대동강변에서 태권도 연습 중인 소년, 모란봉 누각에 모여 춤추고 있는 할아버지 할머니들, 옥류관 계단을 내려오는 아버지와 아들, 평양을 안내해준 운전기사에 이르기까지 다양한 사람들의 사진이 실려 있다. 여기에 유미리는 자신과 같은 세대로 2004년에 타계한 재일코리안 사기사와 메구무(鷺澤萠)에 대한 기억을 떠올리며 술회하고 있다.

이어서, 유미리의 세 번째 방북은 같은 해 8월에 아들과 동거인을 대동한 여행이었다. 이때의 내용은 제4장 「가족과 고향」에 수록되어 있는데, 다른 장에 비해 내용이 압도적으로 많다. 특히, 아들 장양과 판문점, 백두산을 비롯해 북한 곳곳을 다니며 느낀 점을 적고 있다. 유미리는 어머니가 태어난 고향인 경상남도 밀양을 걷고 있을 때도 느끼지 못한 강한 노스탤지어를 조선민주주의인민공화국을 방문해 느꼈다고 적고 있다. 그리고 아래와 같이 이야기한다.

마음이 조국에 뿌리를 내리고 있다. / 민족의식에 기인하는 감정은 아니었다. / 해질 무렵 대동강 강변을 걷고 있으면, 자전거 짐칸에 젊은 아내를 비스듬히 태우고 때때로 뒤를 돌아다보고 말을 하면서 자전거 페달을 밟고 있는 젊은 남자, 오른손에는 분홍색 아이스캔디 막대기를 들고 왼손에는 자홍빛 도는 진달래 가지를 소중한 듯이 거머쥐고 걸어가는 대여섯 살 정도의 여자아이, 교과서를 읽으면서 걷는 학생들, 아장아장 걷는 손자와 손을 잡고 손자가 발길을 멈추고 바라보는 걸 쉰 목소리로 자상하게 가르쳐주는 중절모를 쓴 노인, 이렇게 한 사람 한 사람의 모습이 오즈 야스지로의 초기 무성영화와 같은 아름다움으로 가슴에 사무쳐왔다.10)

'노스탤지어(nostalgia)'는 고향으로 돌아가고 싶어 한다는 의미의 'nostos'와 'algia(열망)'가 합쳐진 말이다. 즉, 고향으로 돌아가고 싶어 하는 열망을 의미하는데, 그렇다면 유미리는 평양의 대동강변을 걸으면서 '조국' 북한으로 돌아가고 싶다고 이야기하고 있는가 하면 반드시 그렇지는 않다. 오즈 야스지로의 무성영화에서 보는 듯한 향수는 느끼지만, 이것이 반드시 회귀를 의미하지는 않는다. 유미리가 말하는 '고향'은 북한이나 남한의 밀양 같은 특정 장소를 가리키는 개념이 아니기 때문이다. 이창호는 "고향은 특정한 장소 혹은 국가를 지칭할 수도 있지만 이동성이 증가하는 사회에서는 일반적인 특성을 지칭하는 것일 수 있다"고 했다.11) 유미리가 평양, 혹은 북한을 '고향'으로 느끼고 노스탤지어를 느낀다는 것은 북한으로 회귀하고자 하는 열망이 아니라, 이산(離散) 상태에서 느끼는 감상적 그리움을 나타낸다고 할 수 있다. 위의 인

---

10) 위의 책, pp.121-123.
11) 이창호, 「재외국민의 향수와 고향의 의미-중국 선양(瀋陽), 단둥(丹東) 지역을 중심으로-」, 『지방사와 지방문화』 19호, 2016.5, p.260.

용에서 보는 것처럼 "마음이 조국에 뿌리를 내리고 있다"고 하면서도, 이것이 "민족의식에 기인하는 감정은 아니었다"고 바로 덧붙이고 있는 것처럼, 유미리에게 '조국'은 김석범이나 김시종 같은 재일코리안 앞 세대에 보통 보이는 민족감정은 아닌 것이다.

　유미리가 북한을 '조국'이라고 언급하면서도 민족감정에 기인하는 것은 아니라고 부정하는 것에 대해 비난할 생각은 없다. 오히려 그 편이 당위적이지 않고 자연스러워 보이기까지 한다. 그보다는 흑백 무성영화에서 느끼는 감상적인 정서를 북한 풍경에서 유미리가 느끼고 있다는 점이 오히려 문제적이라고 할 수 있다. 1998년 대포동 미사일 발사로 시작된 북핵문제나 납치문제 등으로 일본과 북한 사이에 관계가 악화 일로이고, 북한에 살고 있는 동포의 인권문제를 생각해도 북한을 방문해 감상적인 향수만 느끼고 돌아왔다면 이는 비판을 피할 수 없을 것이다. 위의 인용 장면이 다소 위화감 있게 느껴진다면 문제의 소지는 아마 여기에 있지 않을까 생각된다.

　한 가지, 유미리의 시각이 감상적으로 흐르고 있는 이유 중의 하나는 '재일' 의식이 앞에 놓여있기 때문이라는 점을 확인하고자 한다. 일본국적을 가진 아들 장양을 데리고 북한을 방문한 유미리는 아들의 국적 선택권을 자신이 빼앗은 것은 아닌지 생각하면서, 아들과 여행하는 사이에 친밀감이 높아지고 가족애를 강하게 느낀다. 덧붙여, 유미리는 아들과 '조국'을 방문해 얻은 것은 자신과 아들의 개인사를 조국에 대면시켜 재일로서 살아가는 자신들과 '조선' 사람들이 서로 다른 입장에 놓여있다는 사실을 스스로 확인하는 계기가 되었다고 하고 있다. 즉, 유미리의 '조국' 방문은 재일로서 정체성 찾기와 같이 안이하게 결론지을 수 있는 것이 아닌 것이다.

조국의 역사로부터 떨어져 있는 이방인으로서의 의식과, 한편으로는 조국에 뿌리를 내리고 있다는 동포로서의 동질감이 자신 속에서 갈등하고 있는 자의식을 그대로 보여주고 있으며, 동시에 이러한 생각은 곧 '재일'로 살아가는 자신의 입장을 확인시켜준 계기가 된다. 유미리는 북한을 방문해 '조국'을 이미지화하는 과정 속에서 '재일'로 살아가는 자신의 입장을 새롭게 확인하게 된 것이다. 유미리의 '조국', 혹은 북한 방문은 기원으로 회귀하고자 하는 열망이 아니라, '재일'로서 자신의 실존적인 삶을 인식하는 과정이었던 것이다. 유미리가 쓰는 이야기가 '재일'적 성격을 갖게 하는 것이 있다면 바로 이러한 지점에서 찾아야 할 것이다.

이상에서 유미리가 세 차례에 걸쳐 북한을 방문한 내용을 검토하고, 그녀의 방북이 어떤 의미였는지 생각해보았다. 『가족 시네마』 이후, 유미리는 죽은 자의 목소리를 깨워 재일로서 자신의 뿌리 찾기나 일본사회를 향해 문제제기하는 장편을 연달아 발표했다. 이는 유미리가 '재일'로 살아가는 자신의 삶을 종적으로는 과거와 연결 짓고 횡적으로도 폭을 넓혀 일본사회와 관련 지어 생각해보고 있는 장치였다고 할 수 있다.

이러한 과정 속에서 유미리는 2008년과 2010년에 세 번에 걸쳐 평양을 중심으로 북한을 방문하고 기행 에세이를 남겼는데, 북한을 실체가 없는 '환상의 조국'이라고 표현하면서, 안개에 싸여 실체가 잘 보이지 않는 북한의 모습을 일본 사회에 적용해 현대 일본사회를 비판했다. 또, 북한의 '조선' 사람과 '재일'의 삶이 다르다는 것을 새삼 확인하고, 조국에 뿌리를 내리고 있다는 동질감을 느끼면서 동시에 조국으로부터 이방인 위치에 있는 자신의 삶을 비교하며, '재일'의 실존적 삶에 대해 새롭게 확인한다. 이러한 그녀의 눈에 비친 북한의 풍경은 조국의 실체에 다가가려는 모습보다는 일정 거리를 두고 카메라에 담은 사진 속 풍경처럼 감상적인 그리움의 대상에 머무른다.

이와 같이 유미리의 북한 표상에 보이는 특징을 한계로 본다면 이러한 문제는 그녀 개인의 문제점으로 볼 수도 있지만, 재일코리안의 세대가 거듭될수록 나타나는 자연스러운 현상일 수도 있다. 또 북한에 대한 인식 자체가 일본인이나 한국인도 유미리의 시야를 능가하는 관점을 갖고 있지 않은 것 또한 부정할 수 없기 때문에, 유미리 개인의 문제로 수렴시키기에는 무리가 있다. 북한 문제를 재일코리안의 시각을 경유해서, 혹은 한국인이나 일본인의 관계성 속에서 생각해보고 논의할 필요가 있다. 횡적이면서 동시에 통시적으로 필터링 되었을 때 비로소 재일코리안 유미리가 왜 북한에 '조국'의 향수를 느끼는지 더 정확히 파악할 수 있을 것이다. 그런 의미에서 재일코리안 문학에서 북한이 어떻게 표상되고 있는지 가네시로 가즈키나 최근에 호평을 받고 있는 최실(崔實)을 포함해 그 변화과정을 살펴보는 것도 중요하다. 이는 금후의 과제로 삼고자 한다.

Ⅷ. 한국문학을 일본에 소개한 재일코리안 안우식

1. 한일 간의 편향된 번역 출판 구조

일본의 출판 업계는 1990년대 후반부터 불황이 이어지고 있다. 일본 출판과학연구소의 2011년 1월 『출판월보』에 의하면, 2011년 현재 7년 연속 마이너스 성장을 보이고 있다. 일본의 경제산업성은 출판 불황의 요인으로 소비 수요 저하, 저출산 고령화에 의한 잠재적 독자 감소, 서적 구입비 감소(인터넷이나 휴대전화에 의한 통신비 증가, 정보 취득 방법의 다양화), 장서 욕구 감퇴(독서 스타일의 변화), 신형 고서점 등에 의한 2차유통시장의 출현이 기존 서점의 매상에 끼치는 영향, 도서관 이용 증가 등, 구조적 불황을 지적하고 있다.[1] 그런데 이러한 현상은 일본뿐만 아니라 현재 전 세계적으로 진행되고 있는 문제로, 한국에서도 같은 상황을 살펴볼 수 있다.

일본은 이와 같이 출판계에 계속되고 있는 구조적인 불황과 더불어 번역서 발간 또한 감소 추세에 있다. 한국출판연구소 백원근 책임연구원의 통계에 의하면, 동아시아에서 번역출판이 차지하는 비중은 2013년 현재 한국과 대만이 전체 출판의 약 22%로 높은 편이고, 중국과 일본은 약 7%로 낮은 편이다. 그리고 이러한 번역출판의 비율은 대만을 제외한 한·중·일에서 모두 감소하는 추세인데, 자국의 번역출판에서 동아시아 콘텐츠의 비중(발행종수 기준)이 대만

---

1) http://www.meti.go.jp/(2015.8.10 검색)

(63.3%) > 한국(39.8%) > 중국(28.8%) > 일본(9.0%) 순으로 나타났다.2) 즉, 현재 동아시아에서 번역 출판 비중이 가장 낮은 나라가 바로 일본인 것이다.

그렇다면 일본이 동아시아의 다른 나라에 비해 번역을 많이 하고 있지 않은가 하면 이야기는 달라진다. 2012년도 일본에서 번역된 외국문학 발행 목록을 보면, 총 2001종 중에 영미문학이 79.5%(총 1708종)를 차지했고, 그 다음이 유럽문학(독일문학 98종, 프랑스문학 91종, 스페인문학 35종 등)이었던 반면, 동아시아문학은 4%(69종)에 불과했다.3) 즉, 일본은 번역은 많이 하고 있지만 그 번역 콘텐츠가 영미나 유럽의 문학에 치우쳐 있고 동아시아 콘텐츠의 비중은 매우 낮다는 것이다.

그런데 같은 해 한국에서 발행된 문학 장르 번역을 보면 일본과는 사뭇 대조적이다. 아래의 <표 1>에서 보듯이 2012년도에 발행된 총 2169종의 문학 번역서 중에 일본문학이 36%(781종), 영미권이 34%(755종)를 차지할 정도로 한국시장에서 일본문학의 점유율은 매우 높은 편이다.4)

---

2) 백원근, 「동아시아 번역 출판의 현황과 과제」, 『제9회 파주북시티 국제출판포럼-번역 공간으로서의 동아시아』, 2014.10, p.94.
3) 백원근, 전게논문, p.93.
4) 대한출판문화협회(http://www.kpa21.or.kr/) 통계자료에 의함.

〈표 1〉 한국의 주요 국가별·분야별 번역 출판 현황

(대한출판문화협회 2012년 통계)

분야	총류	철학	종교	사회과학	순수과학	기술과학	예술	어학	문학	역사	학습참고	아동	만화	계
총 발행 종수	613	1,237	1,889	6,089	521	3,552	1,329	1,192	7,963	1,083	1,379	7,495	5,425	39,767
번역 종수	70	618	622	1,213	205	705	321	60	2,169	228	0	2002	2011	10,224
번역서 비중(%)	11.4	49.9	32.9	19.9	39.3	19.8	24.1	5.0	27.2	21.1	0	26.7	37.1	25.7
일본	18	78	20	225	25	267	99	16	781	54	0	362	2,003	3,948
미국	42	262	380	633	111	324	114	15	545	44	0	631	6	3,107
영국	3	49	67	122	25	56	37	7	210	48	0	290	0	914
프랑스	0	33	10	45	3	16	20	3	155	11	0	264	2	561
독일	3	69	23	49	18	15	18	2	85	10	0	95	0	387
중국	3	68	11	66	2	4	8	10	122	36	0	34	0	364

그나마 이 수치는 2010년도에 비하면 감소한 것이다. 한국에서 번역된 일본문학의 출판 종수는 일본대중문화개방이 단계적으로 진행되고 무라카미 하루키(村上春樹) 붐이 일었던 1990년대에 꾸준히 증가해, 아래의 <표 2>에서 보듯이 2010년에 832종으로 정점을 이룬다. 그리고 <표 1>에서처럼 2012년도에 일본문학 번역은 781종으로 줄고, 이후 감소 추세가 이어지고 있다.

<표 2> 한국에서 번역된 일본문학 출판 건수

(대한출판문화협회 통계)

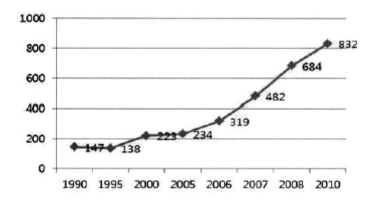

즉, 전 세계적인 출판 불황과 이에 따른 번역서 발행이 전체적으로 감소 추세인 것은 한국과 일본이 다르지 않지만, 한국에서는 일본문학 번역이 가장 큰 비중을 차지하고 있는 반면 일본에서는 여전히 영미권 문학 번역의 비중이 압도적인 위치를 차지하고 있고 한국을 비롯한 동아시아 콘텐츠의 번역은 현저히 적은 상태라고 할 수 있다. 이와 같이 한일 간의 문학 번역 실태는 심한 불균형 상태에 놓여 있다. 한 해 8만 종 이상의 신간 출판이 이어지는 일본에서 한국문학은 불과 10여종이 나오는 정도이고, 그것도 소리 소문도 없이 사라져간다. 여기에 문제의 심각성이 있는 것이다.

일본에서 번역이 서구에 편중되어 행해지고 있는 것은 근대 초기 이후 지속된 현상이다. 19세기 후반 일본 정부가 방대한 양의 서양의 문헌을 번역해 일본사회에 소개함으로써 서구의 선진문물을 빠르게 받아들여 근대화를 견인한 것은 주지의 사실이다. 평론가 가토 슈이치(加藤周一)와 정치사상가 마루야마 마사오(丸山眞男)는 공저 『번역과 일본의 근대』에서 일본이 근대화를 이루는 데 결정적인 역할을 한 것이 바로 번역이라고 단정하고 있다. 번역의 대상도 다양해 병법, 화학, 의학, 법제, 지리 등 부국강병을 이루기 위한 실용서나 서구 세계를 이해하기 위한 역사서, 사회사상서가 중심을 이루었다. 여기에 문학이나 예술 등의 비실용적인 영역도 사실적(寫實的)인 것을 중심으로 번역되는 등5), 근대 이후 서구 학문에 대한 번역이 대대적으로 이루어졌고 지금까지도 그 영향 하에 있다고 볼 수 있다.

　이와 같이 오랜 동안 굳어진 서구 편향도의 일본 번역출판시장에 한국문학이 나아갈 수 있는 방법은 없는가? 한일 간의 편향된 번역출판 구조를 개선하고 일본에서 한국문학이 새롭게 발견될 수 있는 계기를 어떻게 만들어갈 것인가? 본 논문은 이러한 문제의식에서 제기된 것으로, 재일코리안 안우식의 번역에서 그 실마리를 찾아보고자 한다.

2. 일제강점기에 일본에 번역 소개된 한국문학

　일본에서 한국문학은 번역뿐만 아니라 연구도 부진한 것이 사실이다. 그 이유에 대해 오무라 마스오(大村益夫)는 다음과 같이 지적했다.

　　대학을 비롯하여 일본의 연구체제는 확실히 뒤틀려 있다. 일본의 근대는 구미(歐美)의 문화를 섭취하고, 그것을 모방하는 데서 시작되었다. 문명개화를 위한 연구는 탈아입구(脫亞入歐) 일변도였고, 따라

---

5) 가토 슈이치, 마루야마 마사오 저, 임성모 옮김, 『번역과 일본의 근대』, 이산, 2000, pp.146-147.

서 아시아학은 제대로 성립될 수 없었다. 아시아학이 그나마 존재할
수 있었던 것은 정신문화나 물질문명의 풍요로움을 위해서가 아니
라, 단적으로 말하면 그것은 침략을 위한 실용성 때문이었다.[6]

즉, 근대 이후 아시아에 대한 일본의 관심은 "침략을 위한 실용성" 차
원에서 비롯된 것으로, 문학 번역에서도 정신문화의 풍요로움을 위한
수용 방식은 아니었다는 것이다. 1882년에 나카라이 도스이(半井桃水)가
『오사카아사히신문(大阪朝日新聞)』에 연재한 『계림정화 춘향전(鷄林情話春
香傳)』을 시작으로 한국문학이 일본에 소개되기 시작했는데, 탐관오리
의 부정을 척결하는 모습이나 한국 고유의 문화 전달보다는 치정 이야
기나 정조를 지키는 여성상에 초점을 맞추어 통속화해 소개한 사실도
같은 선상에 있다고 할 수 있다. 특히 일제강점기를 거치면서 제국의
필요에 의해 식민지의 문학은 열등한 것으로 축소되어 소개되는 경향이
더욱 가속화되었다. 이후 한류 붐이 일었던 2000년대를 지나면서도 이
러한 경향은 크게 달라지지 않아 한국문학은 일본에서 문화예술적인 시
민권을 획득하지 못하고 시장 진출에도 어려움을 겪고 있는 실정이다.
　구체적으로 어느 시기에 어떤 문학작품이 일본인에게 소개되었는지
살펴보자. 일제강점기 초기에는 주로 재조일본인(在朝日本人)에 의해 한
국문학이 번역 간행되었다. 이들은 조선에 대한 관심을 당사자인 재조
일본인들에게 알리고 나아가 일본 '내지'에까지 널리 알릴 목적으로 일
본어잡지를 발간하거나 한국문학을 번역 간행했다. 『통속조선문고(通俗
朝鮮文庫)』(전12권, 自由討究社, 1921~26), 『선만총서(鮮滿叢書)』(전11권, 1922
~23), 『조선문학걸작집(朝鮮文學傑作集)』(1924, 奉公會) 등 1920년대에 들

---

6) 오오무라 마스오, 『윤동주와 한국문학』, 소명, 2003, p.474.

어 한국문학이 일본어로 적극 번역 소개되는 예들이 이를 잘 보여주고 있다.7)

한국의 고전뿐만 아니라 동시대적인 문학도 번역되었다. 재조일본인 오야마 도키오(大山時雄)는 조선민중의 여론 경향을 파악해 조선인으로부터 존경받는 일본인이 되자는 취지 하에8) 일본어잡지『조선시론(朝鮮時論)』9)을 간행했는데,〈언문신문사설소개〉라는 섹션을 구성해『동아일보』,『조선일보』,『시대일보』,『매일신보』등을 중심으로 1개월간 실린 사설 중에서 몇 편씩을 골라 번역 전재하고, 동시대에 조선의 잡지에 발표된 시나 소설을 일본어로 번역해 실었다.『조선시론』1926년 6월 창간호에는 이호(李浩)의「전시(前詩)」와 이상화(李相和)의「도쿄(東京)에서」두 편의 시를 비롯해 소설로는 이익상의「망령의 난무(亡靈の亂舞)」가 소개되었다.

『조선시론』1926년 7월호에는 김동인의「감자」가 번역 소개될 예정이었으나, 목차에만 들어 있고 총 20쪽에 달하는 내용은 원문이 삭제된 채로 발간되었다. 목차에 소개되고 있는 것을 보면 사전검열은 피할 수 있었던 것으로 보이나, 잡지가 다 완성된 이후에 납본한 것이 검열에 걸려 원문을 삭제해 발매한 것으로 추측된다. 8월호에는 현진건의「조선의 얼굴」이 소개되었다. 9월호에는 이상화의 시「통곡」과 최서해의「기아와 살육」이 소개되었는데,「기아와 살육」은 번역자가 임남산(林南山)으로 명시되어 있다. 1920년대 식민지 조선의 현실을 문학화한 신경

---

7) 정병호,「1910년 전후 한반도 <일본어 문학>과 조선 문예물의 번역」,『일본근대학연구』, 2011.11, p.138.
8)『조선시론』창간호, p.12.
9)『朝鮮時論』(朝鮮時論社 編)은 1926년 6월에 창간하여, 7, 8, 9, 12월(10월호 결, 11월 발매 금지), 1927년 1, 2・3, 4, 5, 8월(10월호 결)까지 간행되었다.

향파 소설 「망령의 난무」와 「기아와 살육」이 일본어잡지에 소개되었다는 자체는 특기할 만하다. 번역자 임남산이 (재조)일본인인지 조선인인지는 확인할 길이 없으나, 식민지 치하의 곤궁한 조선의 현실을 조선인 개인의 문제로 축소시키려는 본문 이동(異同)이 많이 발견되는 사실은 주의를 요한다.10) 그 외에 1920년대는 조선인 이수창이 『조선공론(朝鮮公論)』(1928.4~5)에 이광수의 『혈서』(『조선문단』 1924.10)를 번역한 정도에 머물고 있다.

  그러나 1930년대 후반부터는 일본에 한국문학 소개가 본격화된다. 일본문단에 직접 뛰어든 장혁주를 계기로, 『문학안내(文學案內)』의 <조선현대작가 특집>(1937.2), 『오사카마이니치신문(大阪每日新聞)』의 <조선여류작가 특집>(1936.4~6), 『문예』의 <조선문학 특집>(1940.7) 등이 엮어지고, 장혁주, 유진오, 무라야마 도모요시(村山知義), 아키타 우자쿠(秋田雨雀)의 공편으로 『조선문학선집』(1940)이 나오는 등, 가히 '붐'이라고 일컬어질 정도로 조선문학 소개가 활발했다. 그런데 일본문단으로 포섭된 조선의 문학에는 이른바 '내지'와는 다른 이국적 정취를 강조한 '지방색(local color)'으로서의 조선적인 것이 요구되었다. 장혁주가 희곡 「춘향전」(『新潮』 1938.3)을 일본어로 발표하고 무라야마 도모요시와 합작으로 무대에 올렸을 때, 제재로서의 조선을 일본에 알리는 데 성공했지만 가부키 형식으로 각색된 「춘향전」은 이미 조선의 것이 아니었다. 역시 일본에 한국문학이 대등하게 소개되는 것은 1945년 이후를 기다릴 수밖에 없다.

---

10) 『조선시론』에 번역된 본문 이동의 상세는 졸고, 「번역되는 '조선'-재조일본인 잡지 『조선시론』에 번역 소개된 조선의 문학-」, 『아시아문화연구』 28집, 2012.12 참고.

3. 해방 이후 재일코리안의 한국문학 번역

패전 후 일본은 허무하고 퇴폐적인 분위기가 퍼지면서 다자이 오사무(太宰治)를 중심으로 데카당스 문학이 유행하는데, 이런 가운데 힘차고 생동감 있게 시작하는 문학자들이 있었다. 이들은 바로 1920년대 후반에 프롤레타리아문학 전성기를 이끌었지만 1930년대에 일제가 본격적인 전시체제로 돌입하면서 1933년에 전향(轉向) 선언을 강요당하고 침묵을 지켜야 했던 나카노 시게하루(中野重治)나 미야모토 유리코(宮本百合子)와 같은 구 프롤레타리아 문학자들이다. 이들은 민주주의문학이라는 형태로 전후에 다시 결집해 잡지『신일본문학(新日本文學)』을 중심으로 활동을 재개하는데, 이들과 연대해 재일코리안 문학도 시작한다.

일본문학사에서 한일문학의 연대가 이루어진 것은 좌파 계통의 진보적 단체를 통해서이다. 1920년대에 식민지 조선에서 검열이 심해 마음대로 글을 발표할 수 없었던 조선인은 상대적으로 검열이 덜했던 일본의 프롤레타리아문학자와 연대해 식민지의 가혹한 상황을 글로 발표했다. 물론 제국과 식민지가 민족을 뛰어넘어 프롤레타리아 계급으로 연대한다고 하는 것은 결국 동상이몽일 수밖에 없다. 조선과 일본의 무산자의 처지는 다를 수밖에 없으며, 조선에서의 사회주의운동은 민족 개념이 전제된 조국해방운동의 성격을 띠기 때문이다.

이러한 상황은 해방 이후에도 마찬가지이다. 재일코리안 문학자가 일본의 구 프롤레타리아문학자들과 연대해 활동을 시작했지만, 마이너리티로서 일본사회에 갖는 비대칭성은 여전히 남아있었다. 해방 이후 일본에 소개된 한국문학은 일본 사회에 막 정주하기 시작한 재일코리안에게 전적으로 의존했다. 일본인이 스스로의 관점에서 한국문학을 이해

하고 소개하려는 노력은 보이지 않는다.11) 해방 이후에도 일본인의 무
관심과 마이너리티로서의 재일코리안의 불안정한 법적 지위가 한국문
학의 시민권 획득을 어렵게 했다.

일본에서 한국문학 번역이 돌파구를 찾는 것은 한일회담이 성립된
1965년 이후라고 할 수 있다. 사실 해방 직후에 주로 좌파 계통의 한국
문학이 재일코리안에 의해 일본사회에 소개되었다.12) 재일코리안의 대
다수는 경상도와 제주도 등 남쪽 출신이었는데, 남쪽은 미군정이 실시
되고 좌우 대립이 계속되는 불안정한 해방공간이었다. 이를 지켜보며
북쪽으로 적을 돌리는 재일코리안이 많았다. 이러한 상황은 일본의 한
국문학 소개에도 그대로 반영되어, '조선문학'이라는 명칭 하에 북한 문
학의 소개와 번역이 주를 이루게 된다. 좌파 계통의 재일조선인이 발행
한 잡지『민주조선(民主朝鮮)』과『신일본문학』에 북한문학을 집중적으로
소개하고 있는 김달수의 활동을 대표적으로 들 수 있다.13)

김달수는 박원준과 공동으로 이기영의『땅』을 번역한『소생하는 대
지(蘇える大地)』(1951)를 러시아 관련 서적을 많이 낸 나우카사(ナウカ社)
에서 출판했다. 김달수 외에도, 조기천의 시집『백두산』을 번역하고
(1952)『조선시선(朝鮮詩選)』(1955)을 내놓은 허남기, 한설야의『대동강』

---

11) 오미정, 「전후 일본의 북한문학 소개와 수용-잡지『民主朝鮮』을 중심으로-」,『우
    리어문연구』40집, 2011.5, p.147.
12) 본 발표에서 칭하는 '한국문학'은 남북한 문학을 아우르는 개념으로 사용한 것이
    다. 또, 북한에 적을 두고 있는 재일조선인과 대한민국 국적을 가진 재일한국인
    을 굳이 구분할 필요가 없을 경우는 '재일코리안'이라는 명칭을 썼다. 김석범과
    같이 남과 북이 분단된 조국을 거부하고 해방 이전의 조선인 상태로 그대로 남
    아있는 넓은 의미의 '재일조선인'도 편의상 '재일코리안'으로 포괄한다.
13) 김달수가 북한문학을 소개한 내용에 대해서는 오미정의 전게 논문과 「1950년대
    일본의 북한문학 소개와 특징-『新日本文学』과『人民文学』을 중심으로-」(『한국근
    대문학연구』25집, 2012.4) 참고.

을 번역한(1955) 이은직 등이 있다. 조총련 조직과의 관련은 보이지 않
으나 한국문학을 일본에 소개한 재일코리안으로 번역시집 『아리랑 노
래(アリランの歌ごえ)』(1966)를 출판한 시인이자 화가인 오임준을 비롯해,
일제 치하에서 저항적 자세를 견지한 시인들에 관한 평론을 많이 쓴 김
학현 등의 활약도 보인다.

　1960년대 후반 이후 점차 북한 쪽보다 남한의 문학을 번역 소개하고
연구하는 경향이 증가하면서, 동시기에 일본문학 번역이 호황을 누리고
있던 한국 상황과 비교하면 양적으로 열세이지만 한국문학에 관심을 갖
는 일본인의 번역이 나오기 시작했다. '조선문학의 모임' 편역의 『현대
조선문학선(現代朝鮮文學選) I 』(1973)은 일본인이 처음으로 한국문학을 스
스로 판단해 편찬해낸 책으로, 남정현, 조정래, 최인훈, 박순녀, 김동
리, 채만식, 황순원, 박태준, 박태원 등의 작품이 수록되었다. 이를 계
기로 일본인에 의한 한국문학 번역 출판이 이어지는데14), 대중화에는
성공했다고 하기 어렵다. 이러한 가운데 한국문학을 일본사회에 중개하
려는 재일코리안의 노력이 계속되었다.

　재일코리안 작가 사기사와 메구무(鷺澤萠, 1968-2004)가 일본어로 출판
한 그림책 『붉은 물 검은 물(赤い水黒い水)』(作品社, 2004)은 영어와 한국어
번역이 동시에 실려 매우 흥미롭다. 한국어는 작자 스스로 번역한 것이
다. '한국문학'이나 '일본문학' 같은 일국의 개념 안에 오롯이 들어가는
문학 자체가 의미가 없음을 재일코리안 문학이 보여주는 예이다.

---

14) 舘野晳, 「日本における韓国文学書の翻訳出版－刊行状況と課題をめぐって－」, 『韓国
　　文学飜訳院からの依頼原稿』, 2010.10. 인용은 (http://www.murapal.com/2010-06- 29
　　-02-02-34.html)에 의함. 일본인 번역자를 중심으로 한국문학이 번역된 현황을 조
　　사한 논고로 윤석임의 「일본어로 번역·소개된 한국문학의 번역현황조사 및 분
　　석」(『일본학보』 57집, 2003.12)이 상세하다.

최근에 한국문학을 가장 활발히 번역해 일본에 소개한 사람은 재일코리안 2세 안우식(安宇植, 1932-2010)이다. 안우식은 1932년에 도쿄에서 태어나 조총련 조직에서 활동하면서 조선대학교에서 교편을 잡고 북한문학 번역에 힘썼다. 그러다 1970년대 이후 조직에서 이탈하면서 윤흥길, 이문열, 신경숙의 소설을 중심으로 한국문학의 번역과 연구에 힘썼다. 1982년에 윤흥길의 『에미』 번역으로 일본번역문화상을 수상했고, 잡지 『번역의 세계(翻譯の世界)』 한국어번역 콘테스트 출제 선고위원을 역임했다. 1998년부터 2002년까지 오비린(櫻美林)대학 국제학부 교수를 역임했고, 저서에 『천황제와 조선인(天皇制と朝鮮人)』(三一書房, 1977), 『평전 김사량(評伝「金史良」)』(草風館, 1983)이 있다.

안우식의 주요 번역 작품으로 1983년부터 1986까지 4년에 걸쳐 번역한 박경리의 연작소설 『토지』(1-8), 장정일의 『아담이 눈뜰 때』(1992), 이문열의 『사람의 아들』(1996), 『황제를 위하여』(1996), 신경숙의 『외딴방』(2005), 한일작가회의 행사 단편작품들을 번역한 『지금 우리 곁에 누가 있는 걸까요』(2007) 등이 있다. 그리고 생애 마지막으로 한 번역 『엄마를 부탁해(母をお願い)』(2011)의 발간을 보지 못하고 2010년 12월에 작고했다.

근래 들어 한국문학을 일본에 가장 활발히 번역 소개한 안우식의 번역에 대해 살펴보려고 한다. 특히 최근에 국내외에서 화제를 모은 신경숙의 소설 『엄마를 부탁해』를 안우식이 어떻게 번역했는지 구체적으로 살펴봄으로써 한국문학의 일본시장 진출에 대한 돌파구를 찾아보고자 한다.

4. 안우식의『엄마를 부탁해』일본어 번역

신경숙의『엄마를 부탁해』(창비, 2008)는 칠순 생일을 서울에 있는 자식 집에서 보내려고 상경한 엄마가 실종되고, 엄마를 찾는 과정에서 큰딸, 큰아들, 남편, 엄마 자신, 그리고 다시 큰딸로 이야기의 시점을 바꾸어가며 엄마에 대한 회상을 통해 '엄마'의 의미에 대해 생각해보게 하는 내용이다.

『엄마를 부탁해』가 특히 화제가 된 것은 해외에서 성공한 번역 사례이기 때문이다. 재미교포 김지영의 번역으로 미국의 현지 출판사 크노프(Knopf)에서 *Please Look After Mom*을 2011년 4월에 초판 10만부를 인쇄한 이후 6개월간 9쇄의 판매기록을 세우면서, 아마존닷컴이 선정한 문학 픽션 부문 '올해의 책 베스트10'에 선정될 정도로 호평을 받았다. 가독성을 살린 도착어권에 자연스러운 번역으로, 로렌스 베누티의 개념에 의하면 이른바 자국화(自國化, domestication)[15] 전략에 성공한 이례적인 사례로 꼽힌다. 문장의 길이를 짧게 하고 단락 나누기도 변화를 줬다. 시제도 현재에서 엄마에 대한 회상으로 스르륵 옮겨가는 장면이 기계적으로 과거시제로 처리됐다. 또 영어로 번역하기 어려운 한국 토착어

---

15) 로렌스 베누티는 번역의 스타일을 '자국화(domestication)'와 '이국화(foreignization)'의 두 개념으로 나누어 설명한다(Venuti, Lawrence (1995) The Translator''s Invisibility: A History of Translation, NewYork: Routledge, 14.). '자국화' 번역이 도착어권 독자에게 자연스러운 번역 스타일이라고 하면, '이국화' 번역은 출발어권 텍스트의 의미를 중시해 도착어권 독자에게는 낯설게 번역되는 스타일을 가리킨다. 선영아는 이 둘의 번역 스타일에 대해 각각 '동화의 미학'과 '차이의 윤리'를 대응시키고, 양자가 서로 길항하면서 끊임없이 대립을 거듭해온 번역 문제의 쟁점을 지적하고 있다(선영아, 「'동화(同化)의 미학과 차이(差異)'의 윤리」, 『번역학연구』, 2008년 겨울 제9권 4호, p.195).

나 감성적인 표현은 영어권 사람들에게 익숙한 표현으로 모두 변형시켜 영어권 독자가 쉽고 유창하게 읽을 수 있는 번역 방법을 취한 것이다.

『엄마를 부탁해』 영역본은 이렇게 번역의 흔적이 없도록 자국화 번역을 취했기 때문에 영어권 독자들이 위화감 없이 한국문학을 읽을 수 있었고, 따라서 판매부수를 올리는 데 크게 성공했다고 할 수 있다. 그러나 낯설고 새로운 한국문화를 접하고 지식과 경험을 확장할 수 있는 기회를 결과적으로 박탈하고 말았다.16)

우선은 한국문학이 해외에서 많이 읽히는 것이 중요하다. 출판사에서 자국화 번역을 전략적으로 취하는 것도 바로 이러한 이유에서일 것이다. 한국문학이 많이 읽혀 인지도를 끌어올리는 것이 무엇보다 필요하다. 영어권 독자에게 농경사회에서 근대 산업사회로 이행해가는 아시아의 한 나라의 이야기를 그대로 이해시키는 것은 어려운 일이다. 그런 점에서 『엄마를 부탁해』 영역본은 전략상 자국화 번역이 잘 맞았다고 할 수 있다.

『엄마를 부탁해』가 미국의 성공에 이어 일본에서도 번역 출판되었다. 2010년도 대산문화재단의 〈한국문학번역지원〉을 받아 안우식의 번역으로 2011년 9월에 『母をお願い』(集英社文庫)가 문고본으로 출판된 것이다. 그런데 문고본은 어느 정도 판매 부수가 예상되는 작품에 단행본과 별도로 기획되는 것이 보통인데, 처음부터 문고본으로만 제작된 것은 생각해볼 문제이다. 판매액이 높지 않을 것을 예상해 처음부터 문고본으로만 제작해 출판비용을 아끼려는 공산이다.

그런 것에 비하면 많이 팔렸다고 해야 할까? 『엄마를 부탁해』 일본

---

16) 정호정, 「문학번역의 수용과 평가-신경숙의 『엄마를 부탁해』 영역본을 중심으로」, 『통역과 번역』, 14권 2호, 2012, p.277.

어판은 출간된 지 2개월밖에 지나지 않은 2011년 11월에 3쇄를 찍었다. 기존에 일본에서 한국문학작품이 판매된 상황을 감안하면 많이 팔린 편이다. 그런데 2014년 12월 현재 3쇄가 판매 중에 있으므로, 이후 조금 주춤한 상황이다. 정확한 판매부수는 출판사에서 공개하고 있지 않아 알 수 없으나, 한국문학으로서는 화두에는 오른 셈이다.

번역은 어떠한가? 영역본과 다르게 일역본은 시제 변형이나 문장, 단락의 변화는 거의 보이지 않는다. 그런데 어휘는 한국어 텍스트의 단어를 해당 일본어로 번역하지 않고 그대로 한자로 표기하거나 발음으로 표기한 다음, 그 뜻을 덧붙여 설명하고 있는 경우가 많다. 예를 들면 다음과 같다.

	일역본	일역 설명	영역본
엄마	オンマ	母さん	Mom
어머니	オモニ	母	Mom
언니	オンニ	姉さん	sister
오빠	オッパ	兄さん	brother
아빠	アッパ	パパ	Father
청국장	チョングク味噌	大豆から作られた味噌の一種で、チゲに用いられることが多い	bean paste
제사	祭祀(チェサ)	法事	ancestral rite
한복	チマ・チョゴリ / 韓服		hanbok
고추장	コチュジャン	唐辛子味噌	red pepper paste
추석	秋夕(チュソク)	旧盆	Full Moon Harvest

자치기	棒飛ばし	子どもの遊びの一つ。短い棒切れを長い棒切れで打って飛ばして距離を競う	stick-toss game
바가지	パガジ	ふくべを二つに割り中身をえぐり取って乾燥させた器	bowl
새참	おやつ		snack
숭늉	スンニュン	お焦げに水を加えて熱した食後のお茶代わりの湯	rice boiled water
국밥	クッパプ	スープをご飯にかけたもの	a meal of rice and soup
명절	祝祭日		holiday
분식점	粉食店	うどんやラーメンを食べさせる店	a snack bar
마지기	マジギ	一斗分の種がまける広さの田畑の面積の単位	엄마가 세 마지기의 밭을 자신의 명의로 해달라고 하는 내용 생략
글을 몰라	一字無識 (イルチャムシク)	一字の文字も読めなくて無知な	illiteracy
팔도	八道	李氏朝鮮時代までの全国の行政区域八ヶ所のこと	the country
순대국	スンデ汁	腸詰め汁	blood-sausage-soup
전	チョン	小麦粉のつけ焼き	pancake
전쟁중	戦争中	一九五〇年六月二五日〜五三年七月二七日まで朝鮮半島で続いた内戦	생략
산사람	山の人たち	北の人民軍の敗残兵のこと	mountain people
태극	太極	易学で宇宙万物の生ずる根源を文様化したもの	yin-yang
바지	パジ	ズボン状の袴	pants
깍두기	カクテギ	大根のキムチ	kimchi

윷판	ユンノリ	棒を投げて駒を進める正月の ゲーム	a game of yut
가래떡	ガレ餅	薄く切って雑煮に入れるための 細長い棒状の餅のこと	rice cakes
빨갱이	パルゲンイ	アカ＝共産主義者とか左翼への 蔑称	a red
삼칠일	三七日(サムチ リル)		생략
태권도	テコンドー		taekwondo
페루에서 온 인디 오 여인	ペルーの人たち		the Indian woman I saw in Peru

이상에서 보듯이, 영역본과 다르게 일역본은 한국문화와 관련된 토착어는 가능한 한 발음을 그대로 표기하고 여기에 설명을 덧붙이는 식이다. 대표적인 예가 '청국장'이나 '자치기', '숭늉' 등이다. 그리고 '전쟁'이나 '산사람', '빨갱이'처럼 일본인이 전후 문맥으로 내용을 알 수 없는 표현에 대해서는 상세히 한국의 역사적 상황 설명을 덧붙여 독자의 이해를 돕고 있다. '페루에서 온 인디오 여인'을 '페루 사람들'로 처리해버린 것은 옥에 티다.

이와 같이 안우식의 일역본은 한국어를 그대로 노출시키는 데 번역의 주안을 두었음을 알 수 있다. 즉, 이국화(異國化, foreignization) 전략을 취하고 있는 전형적인 예이다. 물론 이는 독자 입장에서 보면 가독성을 해치는 번역이라고 할 수 있다. 그런데 이러한 번역 스타일이 한국과 인접한 일본에서 이루어졌기 때문에 영어권에서의 효과와는 다를 수밖에 없다. 일본에서는 자국화 번역보다 오히려 이국화 번역이 더 전략적일 수 있다는 이야기이다.

일본은 한국과 인접해 있고 그동안 한일국교정상화나 월드컵 공동주최 등 여러 형태로 한국과 교류를 해왔기 때문에 한국문화에 대해 영어권 사람들보다는 익숙한 편이다. 따라서 일본인의 감성에 맞춘 자연스러운 번역보다는 조금 생경할지라도 이웃나라의 문화로 접하는 방식이 더 효과적일 수 있다. 동일한 텍스트이지만 번역되는 지역과 한국과의 관계나 상황에 맞춰 전략적으로 번역할 필요가 있는 것이다. 이런 점에서 김지영의 영역본이 자국화 전략에 성공한 예라고 한다면, 안우식의 일역본은 이국화 전략에 성공한 예라고 할 수 있다. 일본에서 한국문학 작품으로는 지금까지와는 다른 판매부수가 이를 잘 보여주고 있다.

한 가지 흥미로운 점은, 소설의 모두(冒頭)에서 느껴지는 차이이다.

<u>엄마를 잃어버린</u> 지 일주일째다.(한국판)
It′s been one week since <u>Mom went missing</u>.(영역본)
<u>オンマの行方がわからなくなって</u>一週間目だ。(일역본)

'엄마를 잃어버리다'와 '엄마의 행방을 알 수 없게 되다'(영·일)는 의미가 다르다. '잃어버리다'는 '엄마'가 목적격이고 상실의 책임이 엄마를 회상하는 다중화자(가족)의 내면으로 초점화된다. 그러나 '엄마의 행방을 알 수 없다'로 하면 엄마의 상실이 밖에서 초래된 의미로 바뀌게 되는 것이다. 책이 출간되기 불과 몇 달 전인 2011년 3월 11일에 동일본대지진을 겪은 일본의 상황을 감안하면, 재난 재해가 많은 속에서 가족서사를 기다리는 현대 일본의 시의에 결과적으로 잘 맞아떨어진 표현이라고 할 수 있다.

아직 미미하지만 『엄마를 부탁해』가 일본에서 거둔 성과는 일본에서 지금까지 한국문학이 번역 출간된 역사를 되짚어보면 특기할 만한 성과라고 평가할 수 있다. 안우식의 번역은 일본과 다른 한국문화의 차이를 드러내면서도 일본인에게 공감을 이끌어냈다. 동화되기보다는 차이를 만들어가며 공존의 방식을 찾아온 재일코리안. 이들의 번역을 어떻게 평가할 것인가는 비단 일본인 독자만의 문제는 아니다. 안우식의 『엄마를 부탁해』 일역본은 일본인이나 한국인에 의한 번역에서는 볼 수 없는 차이와 공존의 울림을 만들어낸 것이다. 대산문화재단의 번역지원이 있었기 때문에 나올 수 있는 번역이었고, 창비와 집영사 같은 대규모 출판사였기 때문에 가능한 기획이었다고 할 수 있다. 한일문학의 편향된 번역 구조 개선을 위해서는 전략적 기획과 재정적 지원이 필요한 때이다.

『엄마를 부탁해』를 번역한 안우식이 재일코리안인 점을 감안하면 이국화 번역의 의미는 더욱 확대된다. 우선 '재일코리안'이라는 위치가 대산문화재단의 번역지원을 끌어오고 한일 양국의 대형 출판사를 동원하는 데 효과적으로 기능해 출판사의 상업성보다는 한국문학의 면모를 그대로 보여줄 수 있는 번역으로 일정 독자를 확보할 수 있었던 것이다. 일본에서 한국문학이 새롭게 발견될 수 있는 계기를 만들고 독자를 폭넓게 확보하기 위해 현실적으로 필요한 조건들을 안우식의 사례가 잘 보여주고 있다.

안우식을 비롯해 재일코리안이 한국문학을 일본사회에 소개해온 활동은 매우 시사적이다. 앞에서 살펴봤듯이 일제강점기에 주로 일본인에 의해 번역된 한국문학은 임의로 내용이 수정, 변형되는 일이 많았다. 그러다 해방 직후부터 주로 북한문학이 위주이긴 했지만 한국문학을 일본에 적극 소개한 김달수를 비롯해, 박원준, 허남기, 한설야, 이은직, 오임준, 김학현, 그리고 안우식에 이르기까지 재일코리안이 한국문학을 일본사회에 소개해온 활동은 주시할 필요가 있다. 이들 재일코리안의 활동은 한일 문학에 새로운 관계성을 가져올 수 있기 때문이다.

번역은 자국문화에 이국문화가 들어와 부딪치는 과정에서 표현의 전의(轉義)를 일으키고 다양한 층위로 의미를 새롭게 생성시키고 변전시킨다. 일본어로 번역된 한국문학, 문화 또한 변용될 수밖에 없다. 재일코리안에 의한 번역이 재미있는 점은 이러한 변용의 주체에 그들이 있다는 사실이다.

사실 재일코리안의 입장에서 보면 한국문학은 엄밀히 말해 출발어권 텍스트도 도착어권 텍스트도 아니다. 재일코리안이 현재 5, 6세대까지 세대를 거듭하고 있는 상황에서는 더욱 그러하다. 그러나 재일코리안은 일본을 상대화하는 거리가 일본인과 다를 수밖에 없고, 물론 한국인의 입장과도 같을 수 없다. 그렇기 때문에 이들에 의한 한국문학 번역은 한국문학 자체라기보다 한국과 일본의 '사이'에서 나온 형태라고 할 수 있다. 또 다른 형태의 한국문학, 그것이 바로 재일코리안에 의한 한국문학 번역인 것이다.

재일코리안 사기사와 메구무는 예전에는 소설을 포함해 한국문화에 관심을 갖는 일본인이 드물었고 흥미가 있다고 해도 남북한과 일본과의 관계 속에 있는 부산물의 경우가 많았던 것이, 2000년대 이후로 넘어오면서 특별한 문제의식이나 역사적 관심 없이도 그 자체로 즐길 수 있게 되었다고 말했다.17) 역으로 일본문화를 대하는 한국 젊은 층의 관심도 동일하게 말할 수 있을 것이다. 물론 최근 일본의 우경화 움직임은

---

17) 鷺沢萠, 「エッセイ―韓国文化を楽しむ」, 『現代韓国女性作家短編― 6 stories』, 集英社, 2002, pp.263-266. 이 책에는 하성난, 조경난, 송경아, 공지영, 김인숙, 김현경 6인의 작품이 수록되어 있는데, 모두 안우식에 의한 번역임.

2000년대 전후의 분위기와 달리 역행하고 있다는 우려도 있지만, 일본
에서 한국문학에 대한 인지도가 예전에 비해 높아진 것은 사실이다. 여
기에는 안우식의 공을 빼놓을 수 없다.

안우식은 다양한 한국문학작품을 일본어로 번역해 한국문학이 일본
에서 자리 잡는 데 큰 역할을 했다. 결국 유작으로 출간된『엄마를 부
탁해』일역본이 그가 지금까지 행한 다른 번역에 비해 유독 한국문화를
더욱 분명하고 구체적으로 드러내는 이국화 번역 스타일을 취하고 있는
점은 일본사회에 재일코리안으로서의 정체성을 확인시키고 있는 것 같
아 한국문학 소개 이상의 공감을 불러내고 있다.

아시아학술연구총서 9

횡단하는 마이너리티, 경계의 재일코리안

초판 인쇄 2017년 8월 31일 | 초판 발행 2017년 9월 4일

지은이 김계자

펴낸이 이대현 | 편집 홍혜정 | 디자인 홍성권

펴낸곳 도서출판 역락 | 등록 제303-2002-000014호(등록일 1999년 4월 19일)

주소 서울시 서초구 동광로 46길 6-6(반포동 문창빌딩 2F)

전화 02-3409-2058, 2060 | 팩시밀리 02-3409-2059 | 전자우편 youkrack@hanmail.net

ISBN 979-11-5686-971-9 94830

   978-89-5556-053-4 (세트)